평범한 일상을
기회로 바꾸는

내 안의
숨은
가치를
발견하라

내 안의 숨은 가치를 발견하라

초판인쇄	2021년 02월 24일
초판발행	2021년 03월 02일
지은이	최수민
발행인	조현수
펴낸곳	도서출판 더로드
마케팅	최관호
IT 마케팅	조용재 백소영
교정교열	권현덕
디자인 디렉터	오종국 Design CREO
ADD	경기도 고양시 일산동구 백석2동 1301-2
	넥스빌오피스텔 704호
전화	031-925-5366~7
팩스	031-925-5368
이메일	provence70@naver.com
등록번호	제2015-000135호
등록	2015년 06월 18일
ISBN	979-11-6338-132-7-03810

정가 15,000원

평범한 일상을
기회로 바꾸는

내 안의
숨은
가치를
발견하라

최수민 저

도서출판 **더로드**
The Road Books

"내 안의 숨은 가치를 찾아서"

성공과 실패란

여러분에게 성공 그리고 실패란?

많은 사람들이 성공과 실패를 두고 서로 다른 개념으로 생각한다.

모두가 성공은 하고 싶어 하지만,

실패는 피하고 싶어 할 것이다.

하지만 성공과 실패는 하나의 명칭에 불과 할 뿐이다.

성공이 실패가 될 수 있고, 실패는 성공으로 이어질 수 있다.

성공과 실패는 결국 같은 공간속에 존재한다.

왜냐하면

어떤 사람은 성공으로 시작한 인생이 실패로 끝나기도 하고,

어떤 사람은 실패로 시작한 인생이 성공으로 끝나기도 하기 때문이다.

즉, 성공이라 생각한 인생이 성공만은 아니고, 실패한 인생이 꼭 실패한 것만은 아니다.

《내 안의 숨은 가치를 발견하라》는 사회에서 겪은 시련을 자기계발, 독서, 시간관리를 통해 극복한 내용을 담았다. 시련이 찾아온 순간, 그것을 위기로 받아들이지 않고 자기계발을 통해 인생의 터닝 포인트로 맞이할 수 있었다.

《내 안의 숨은 가치를 발견하라》은 현재 사회생활을 시작하는 초년생, 사회생활로 어려움을 겪고 있는 직장인, 공무원, 공공기관 직원, 취업준비생, 대학생 등을 대상으로 집필했다.

사람들은 저마다 고민과 걱정을 안고 살 것이다. 직장에서의 문제, 가정에서의 말 못할 고민, 사람과의 관계, 미래에 대한 걱정, 청소년의 진로 문제 등으로 현재 고통 받고 있는 이들이 조금이나마 힘을 얻고 동기부여가 되길 바라는 마음으로 집필했다.

《내 안의 숨은 가치를 발견하라》는 총 5개의 장으로 구성되었다.

1장은 사회생활을 하는 직장인에게 회사에서의 장점을 활용하여 시간관리와 습관을 만드는 방법에 관하여 설명했다. 2장은 사회생활 중 위기와 시련이 닥쳐올 때 위기를 기회로 바꾼 경험을 바탕으로 자기계발의 장점에 관하여 설명했다. 3장은 사회생활을 하고, 현직에 있을 때 인생 2막을 준비해야 하는 이유를 독서와 연계하여 설명했다. 4장은 사회생활을 하고 있는 직장인을 위해 독서를 하는 방법과 기술에 대하여 설명했다. 5장은 사회생활 중 찾아오는 시련과 고난을 자기계발을 통해 극복하고 성장할 수 있었던 내용을 종합적으로 담았다.

인생을 살다보면 온갖 시련과 고난은 찾아오기 마련이다. 부당한 대우, 불합리한 제도, 사람관계에서 오는 갈등 등 하루에도 수십 번씩 찾아올 것이다. 하지만 이렇게 고통스러운 순간에도 언제나 끝은 존재한다. 학생에게는 길게만 느껴졌던 수험생활은 수능성적이 고득점으로, 취업을 준비하는 취업준비생에게는 달콤한 합격으로, 끝나지 않을 것만 같은 조직생활의 끝은 행복한 노후로 다가올 것이다. 끝으로 향하는 동안 우리에게는 숱한 고난과 시련이 찾아올 것이다.

이러한 고난과 시련이 찾아올 때 어떻게 받아들일 것인가?

우리가 위와 같은 상황에 처할 때 우리가 선택할 수 있는 것은 두 가지라 생각한다.

하나는 고난과 시련 앞에 무릎을 꿇는 방법이고

다른 하나는 고난과 시련을 통해 인생의 터닝포인트로 받아들이는 것이다.

그러면 이러한 고난과 시련 앞에 터닝포인트로 바꿀 수 있는 방법은 무엇일까?

그것은 단연 자기계발이라 생각한다.

그 중 우리에게 필요한 것은 시간관리, 좋은 습관, 독서 이다.

시간관리를 통해 좋은 습관과 독서시간을 만들고 제2의 인생을 위한 준비를 해야 한다.

우리의 시간은 한정적이다. 우리는 하루하루 삶을 살아가지만, 한편으로는 하루하루 삶의 끝을 향해 가고 있다.

나 또한 삶을 살아가는 동안 많은 시련과 고통에 시달려야 했다.

업무에서 오는 문제, 인간관계에서 오는 스트레스, 미래에 대한 걱정 등이다.

하지만 걱정은 걱정을 불러오고, 고민은 고민만 불러왔다.

이 때 내가 선택할 수 있었던 것은 시간관리를 통한 자기계발 이었다.

새벽에 일어나 운동을 하고, 틈틈이 독서를 했다. 어려운 일이 생길 때면 더욱 독서를 하고, 지혜를 구하기 위해 노력했다.

평일 에는 퇴근 후 도서관을 찾게 되었고, 주말에는 서점을 방문하여 하루하루를 후회 없이 보내기 위해 노력했다. 그 결과 글을 쓰고 현재의 책을 출간할 수 있었다.

《내 안의 숨은 가치를 발견하라》는 사회생활을 시작하는 순간부터 현재까지 경험과 그 속에서 겪은 시련을 자기계발과 독서를 통해 극복한 내용이 담겨있다.

나폴레온 힐의 저서 《결국 당신은 이길 것이다.》에는 다음과 같이 말이 있다.

'실패' 란 변형된 축복이다.

"겉으로 보기에 아무리 어려워 보여도 모든 적법한 문제에는 반드시 해결 방법이 있다."

우리는 살아가면서 언제든 수많은 장애물을 만나게 될 것이다. 하지만 문제가 있다는 것은 반드시 해결방법도 있다는 의미이다. 우리는 그 장애물을 하나의 축복으로 받아들여 우리의 삶을 성장시키고, 인생 2막을 준비하는 지혜를 발휘하길 바란다.

2021년 1월 겨울에...

저자 **최수민**

Contents | 차례

Chapter

01

—

회사는
최적의 자기계발
장소이다

CHAPTER_ **01**

남들보다
더 잘하려고 고민하지 마라
지금의 나보다 잘하려고
애쓰는 게
더 중요하다.

[윌리엄 포크너]

01 : 직장인에게 회사는 미래를 준비할 찬스이다

> 행운은 매달 찾아온다. 그러나 그것을 맞이할 준비가 되어 있지 않으면 거의 다 놓치고 만다. 이번 달에는 이 행운을 놓치지 말라.
>
> – 데일 카네기

직장인들에게는 저마다 한 가지의 공통점이 있다. 그것은 치열한 경쟁 속에서 '취업의 관문'을 통과했다는 것이다. 다들 치열한 경쟁을 위해 저마다 많은 노력을 했을 것이며, 취직하기 위해 각종 자격증을 취득했을 것이다. 누군가는 각종 어학자격증을 취득하여 남들과 차별화를 두었을 것이며, 공공기관에 입사하기 위해 각종 기출문제를 풀면서 합격하기를 고대했을 것이다. 그렇게 각고의 노력 끝에 취업에 성공했을지는 모르지만, 직장인들의 삶이 무조건 행복하지는 않다.

누군가는 일에 지쳐 그만두고 싶어 할 수 있다. 누군가는 사람과의 관계에서 오는 스트레스로 퇴사를 고민할 수 있다. 이런 고민을 하면서 그만 둘까 하는 생각을 해보지만, 어느 곳이든 내 능력으로는 만만한 데가 없다. 치열한 경쟁이 없는 직장, 스트레스를 받지 않고 근무할 수 있는 직장이란 어디에도 없다. 이러한 경쟁사회에서 우리의 마음은 더욱 타들어 갈 수밖에 없다. 그래서 이 글을 읽는 분들에게 지금부터 미래를 준비할 것을 권한다. 앞이 보이지 않는 치열한 경쟁 속에서 사는 직장인은 수없이 많지만, 걱정만 할 뿐 실제로 미래를 준비하는 직장인은 드물다. 이 글을 읽었다면 이제라도 바로 퇴사 후의 장래를 위해 준비하는 것이 좋다.

필자는 군인이었다. 장교로 전역한 후에야 비로소 새 직장을 구하기 위해 취업준비를 했다. 당시 필자는 경쟁자들에 비해 스펙이 한참 부족했다. 집 근처 도서관에서 취업 준비를 시작했다. 도서관에는 필자와 같은 구직자, 공무원 시험 준비생, 대학생 등이 각자의 삶을 위해 치열하게 공부하고 있었다. 앉을 자리를 구하기도 힘들었다. 그래서 도서관이 문을 여는 8시 전에 도착하려고 노력했다.

도서관은 8시에 개관하여 22시까지 운영했다. 지금 돌이켜보면 당시 필자는 매일 도서관으로 출퇴근을 한 것과 같았다. 아침에 도서관에 도착해서 늦은 밤까지 공부에 전념했다. 자동차가 없었기 때문에 버스 시간에 맞춰 도서관 문을 나서곤 했다.

주로 영어와 한국사 자격증 취득을 위한 공부를 했다. 그 당시 취업을 위해서는 기본적으로 지녀야 하는 자격증이었기 때문이다. 영어는 한 가지 만으로는 부족했다. 그래서 토익, 토익 스피킹, 오픽공부를 동시에 했다. 도서관에 들어가면 보통 10시간 이상은 공부했다. 어떤 날은 허리가 아파 오래 앉기가 힘들 정도였지만 꾹 참았다. 그렇게 열심히 공부한 결과는 만족스러웠다. 한국사 시험은 높은 난이도 때문에 떨어질 수도 있겠다는 걱정을 했지만 운 좋게 합격했다. 영어에서도 다행히 만족스러운 점수를 얻었다. 어느 정도의 스펙을 갖춘 다음, 기업 분석을 시작했다. 그렇게 분석을 한 다음 여러 기업에 지원했다. 생각만큼 합격이 쉽지 않았다. 하지만 포기하지 않고 계속 지원하고 시험에 응시한 결과 운 좋게도 현재의 직장에 합격했다.

합격했다는 통보를 받는 순간 너무 기뻤다. 그 기쁜 소식을 가족과 지인들에게 알렸다. 지인들의 축하를 받자 비로소 마음이 놓였다. 왜냐하면 군 장교라는 안정된 직업을 포기하고 사회로 나가겠다고 하는 나를 두고 주변에서 걱정을 많이 했기 때문이다. 주위 사람들의 우려를 해소했다는 안도감과 해냈다는 생각을 하니 기분이 날아갈 것 같았다. 합격 통보를 받은 후 3개월 간 수습기간을 거쳐 정식직원으로 발령이 났다.

입사 후 내가 생각했던 것과 실제 회사생활에는 큰 차이가 있음을 실감하고 때로는 의기소침해질 때도 있었다. 발령 받은 곳이 타지여서 주변에 친한 사람도 없었다. 입사 초기에는 의지를 가지고 열정적으로 일하려고 노력했다. 하지만 시간이 흐를수록 스스로 무기력해져 가는 자신을 발견할 수 있었다. 이 무기력증은 직장 생활에 만족도를 떨어뜨렸다. 회사에 출근하고 싶지 않다고 생각한 날이 많아졌다. 점점 무기력해져가는 자신을 바라보면서 변화의 필요성을 느끼기 시작했다. 내가 선택한 첫 번째 변화는 독서였다. 탁월한 선택이었다. 수십 권의 자기계발서와 경영관련 서적을 읽으면서 직장인들이라면 누구나 알아야 할 세 가지를 깨닫게 된 것이다.

첫째, 누구든지 치열한 경쟁을 뚫고 취업에 성공한다는 점이다. 직종에 상관없이 누구나 취업을 위해 밥 먹는 시간까지 쪼개가며 노력한다. 이동 중에는 단어 한 개라도 더 외우기 위해 수첩을 들고 다닌다. 이러한 노력 끝에 취업이라는 선물을 받는다.

둘째, 어떤 직종에서든 직장인들은 직장생활로 힘들어 한다는 점이다. 지금 당장 직장인 친구에게 문자를 보내거나 전화를 걸어보라. 즉시 전화를 받거나 문자를 읽는 사람은 없을 것이다. 그 만큼 직장인들은 바쁘다. 퇴근 후에야 사적인 전화나 문자를 확인하고 답을 보낸다. 그리고 직장생활이 행복하냐고 물어보라. 직장생활이 행복하거나 만족하다고 답하는 사람은 드물다.

　셋째, 시간이 흐르면 누구나 퇴직을 해야 한다는 점이다. 직장에 입사했다면 퇴사라는 단어는 늘 함께 한다. 같은 팀에 있는 동료는 물론이고 다른 부서의 직원들도 너나 할 것 없이 언젠가는 퇴직해야 한다. 이 글을 쓰고 있는 저자도, 이 글을 읽는 독자도 직장인이라면 모두 때가 되면 퇴직할 수밖에 없다.

　직장인이라면 누구나 겪어야 하는 이 세 가지의 진실을 깨닫고 난 후 나의 자세는 크게 바뀌었다. 무기력한 감정을 느낄 때는 기분 좋았던 경험을 떠올리며 감정을 바꾸기 위해 노력했다. 회사에 가기 싫거나 일이 하기 싫다는 등의 부정적인 생각이 들 때는 성공한 미래의 나를 상상하면서 긍정적인 마음을 가지도록 노력했다. 더불어 나 또한 언젠가는 퇴직해야 한다는 진실을 깨닫고, 미래에 대한 계획과 함께 노후생활에 대비해야 한다는 생각을 하기 시작했다.

　이러한 생각이 들자 직장에 대한 관점이 바뀌었다. 직장생활이 마냥 지겹지 않고 여러 가지 장점이 보이기 시작했으니 다음과 같다.

　첫째, 의식주 해결

둘째, 생활비 마련

셋째, 회사의 복지혜택

관점이 바뀌자 회사에 대한 인식도 달라졌다. 회사에 다니면 매달 꼬박꼬박 나오는 봉급으로 의식주를 해결 할 수 있다. 만약 내가 취직하지 못했다면 군 생활동안 모아둔 돈이 계속 빠져나가 힘든 생활을 하고 있을지도 모른다. 이러한 생각이 들자, 직장생활의 장점을 바탕으로 미래를 차근차근 준비해야겠다는 생각을 할 수 있었으며, 회사에 대해 감사한 마음을 가지게 되었다.

이러한 생각은 자연스럽게 도서관으로 발걸음을 옮기게 했다. 책을 통해 나보다 먼저 직장생활을 하거나 퇴직한 사람들의 삶이 너무나 궁금했기 때문이다. 책을 통해서 그들은 하나 같이 남들보다 먼저 고민하고 준비했다는 것을 알 수 있었다. 특히, 그들은 시간 관리를 철저하게 해냈다. 돈보다 시간의 중요성을 강조했으며, 무엇을 하든 가치에 중요성을 두었다. 이런 점을 깨달은 후 나는 새벽에 일찍 일어나서 하루를 준비했으며, 퇴근 후에는 자기계발을 위해 시간을 투자했다. 아침저녁 시간이 생길 때마다 독서와 운동, 공부를 병행하면서 미래를 준비하기 시작했다.

직장인에게는 두 가지 공통점이 있다. 한 가지는 치열한 경쟁 속에 입사를 한다는 것이며, 다른 한 가지는 모두가 숙명적으로 퇴직을 해야 한다는 것이다. 누군가는 1년 후에 퇴직할 수 있으며, 누군가는 3년 후에 퇴직할 수 있다. 또 누군가는 정년을 채우고 퇴직할 수도 있다. 기간의 차이일 뿐 직장인이라면 퇴직은 숙명인 것이다.

더불어 직장인에게는 두 가지의 선택권이 있다. 한 가지는 현실에 맞추어 직장생활만 하다가 정년이 되어 어쩔 수 없이 퇴직하는 길이다. 다른 한 가지는 스스로 준비하여 적극적으로 미래를 만들어가는 길이다. 직장인에게는 나름의 장점이 있다. 의식주와 같은 현실적인 문제를 해결하고, 회사의 보호 아래 생활할 수 있다. 이것은 직장인만이 가질 수 있는 좋은 기회이다. 직장생활을 하고 있는 분이라면 이런 기회를 바탕으로 삼아 여유 있게 미래를 준비할 수 있다.

02 : 입사와 동시에 시간을 관리하라

같은 출발을 한 사람 중에 뛰어난 사람이 되어 있는 경우가 있는 가 하면, 어떤 사람은 낙오자가 되어 있다. 이 두 사람의 거리는 좀처럼 접근할 수 없는 것이 되어 버렸다. 이것은 하루하루 주어진 시간을 잘 이용했느냐 이용하지 않고 허송세월을 보냈느냐에 달려 있다.

– 벤자민 프랭클린

직장인의 하루는 여러 가지로 표현할 수 있다. 낮과 밤, 직장 내에서의 시간과 밖에서의 시간, 24시간 등이다. 이 중 24시간이 하루를 표현하기에는 일반적일 것이다. 24시간을 어떻게 보내느냐에 따라 직장인의 삶은 차이가 있다. 누군가는 24시간을 계획성 있게 사용할 것이고, 누군가는 24시간을 계획 없이 보낼 수 있다. 우리는 태어난 이후 젊음이라는 시기를 지나면 나이가 든다. 직장인도 마찬가지다. 직장에 입사함과 동시에 퇴사를 맞이해야 하는 순간이 온다. 하지만 이러한 사실을 깨닫기까지 오랜 시간이 걸릴 수 있다. 주변에서 말해 준다면 좋겠지만 그런 경우는 드물다. 그래서 이 책을 읽는 독자들에게 권하고 싶은 것이 있다. 입사와 동시에 시간을 관리할 것을 말이다.

저자는 입사 초기에 시간 관리에 대한 개념이 부족했다. 입사 후 처음 발령받은 부서는 총무부였다. 처음 접한 업무는 모든 것이 낯설었다. 업무가 익숙하지 않으니 시간에 쫓기는 일이 많았다. 업무를 익히고 처리하는데 시간이 필요한 만큼 야근을 자주할 수밖에 없었다. 아침에 일어나면 곧장 회사로 출근했다. 업무로 인해 바쁜 날은 일의 양을 조금이라도 줄이기 위해 새벽에 출근하기도 했다.

출근 후에는 회사 구내식당에서 아침식사를 한 다음 사무실에 들어가 각종 쓰레기를 분리수거하고 청소를 했다. 그렇게 사무실을 청소하고 정리하다 보면 어느 새 시계는 직원들이 출근하는 오전 9시를 가리킨다. 공식적인 업무가 시작되는 시간이다. 오전 근무를 하다보면 어느 새 점심시간이 다가온다. 점심식사 이후에는 오후 근무를 한다. 그리고 18시가 되면 공식적인 업무는 끝이다. 업무가 끝나면 야근 하거나 퇴근한다. 직장생활을 하면서 나는 시간을 계획적으로 사용하기보다는 업무 시간에만 맞춰서 수동적으로 살았던 것이다.

대부분의 시간을 회사와 집에서 보내곤 했다. 퇴근 후에는 피곤하다는 핑계로 누워서 텔레비전을 시청하거나 핸드폰을 만지작거리면서 시간을 허비하곤 했다. 그 만큼 시간 관리에 대한 개념이 부족했던 것이다. 이러한 생활을 지속하던 중 나에게 변화가 필요한 시점이 생겼다. 어느새 내 나이가 20대를 지나 30대에 접어들고 있었기 때문이다.

돌이켜 보면, 좋은 직장에 합격한 기쁨은 잠시 뿐이었다. 문제는 합격 이후의 삶이었다. 합격 당시 나는 전공을 살려 취업에 성공했다는 자부심을 가지고 있었지만 그것은 착각이었다. 현실에서는 또 나름의 어려움이 다가왔다. 업무능력, 대인관계, 사람관리 등 내가 생각하지 못한 문제점들이 드러나기 시작했다. 당연히 좌절과 시련을 겪을 수밖에 없었다.

서서히 변화의 필요성을 느끼기 시작했다. 스스로를 변화시키기 위해 노력했다.

그것은 아래와 같다.

첫째, 일찍 일어나는 습관
둘째, 독서
셋째, 운동

독서를 통해 깨달은 점이 있었다. 성공한 사람들의 공통점은 새벽 습관이 남들과 달랐다. 그들은 아침에 일찍 일어나 누구보다 하루를 일찍 시작한다. 이른 아침에 하루의 일을 대부분 끝내는 경우도 있었다. 이러한 내용을 토대로 나의 잘못된 습관을 고치기 위해 노력했다. 아침에 일찍 일어나는 습관부터 만들기 위해 노력했다. 특별한 일이 없어도 새벽에 일어나서 하루를 준비했다. 보통은 6시, 빠르면 5시 즈음에 자리에서 일어났다. 처음에는 어려웠지만 점차 적응되었다.

출장지에서도 일찍 일어나는 습관을 유지했다. 평소의 아침 패턴과는 달랐지만 흐름이 끊기지 않도록 새벽에 일어났다. 생각보다 많은 지역주민들이 새벽에 일찍 일어나 있었다. 운동을 마치고, 숙소로 돌아가서 하루의 시작을 준비했다. 새벽에 일어나서 아침 시간을 관리하면서 많은 장점을 느낄 수 있었다. 그 중 일부를 소개하면 다음과 같다.

첫째, 독서를 통해 긍정적인 사고를 가질 수 있었다. 책에 있는 많은 문장 중 일부는 희망의 메시지를 전해준다. 그러한 문장을 만나면서 부정적이었던 나의 생각은 긍정적인 사고로 바뀌었다. 특히 출근길에 느끼는 긍정적인 감정은 개인은 물론 직장에서도 즐겁게 일하는 원동력이 되었다.

둘째, 나에 대한 믿음이다. 새벽에 읽은 책 중에는 '부자의 사고'

와 관련된 책이 있었다. 핵심적인 내용은 '나에 대한 믿음'이었다. 항상 자신을 믿는 것이 중요하다는 구절을 읽던 중 머리를 한 대 맞은 느낌이 들었다. 그 전까지 내 생각은 온통 걱정이나 불안으로 가득 차 있었다. 하지만 책을 읽고 난 다음부터 내 머리 속에는 확신이나 긍정 같은 희망적인 메시지로 가득하게 되었다.

셋째, 책을 통해 인생에 대한 깨달음을 얻을 수 있었다. 책을 읽기 전에는 인생에서 장애물과 마주치면 부정적인 생각부터 했다. 하지만 책을 통해 장애물에 대한 사고를 바꿀 수 있었으니, 그것은 우연히 접한 문장을 통한 깨달음 덕분이었다. 그 문장은 다음과 같다.

"살아가면서 장애물에 직면하면 그것은 신이 내려주신 선물이라고 생각하고, 그 안에 무엇이 들어 있는지 기쁜 마음으로 풀어보세요"

테레사 수녀님의 말씀이었다. 지금까지 살아온 삶을 돌이켜 보면. 편한 날보다 힘든 날이 많았다. 힘든 일이 생기면서 시련이 따라왔다. 시련과 마주할 때면 피하기보다는 기회로 삼아 이겨내려고 했다. 그 과정에서 독서의 힘이 컸다. 독서 덕분에 조금씩 성장할 수 있었다. 책을 읽지 않았다면, 나는 장교의 길도, 좋은 직장도 구하지 못했을 것이며, 지금의 나도 없었을 것이다.

직장인이라면 누구나 합격통지서를 받은 그 날의 기쁨을 잊지 못할 것이다. 처음 출근 하는 날의 기대감과 설렘도 잊지 못할 것이다. 하지만, 우리가 알아야 할 것이 있다. 입사를 했다면 언젠가는 퇴직을 해야 한다는 것이다. 그래서 우리는 입사를 하는 동시에 주어진 시간의 중요성을 깨달아야 한다. 시간은 한 번 지나가면 다시 돌아오지 않기 때문이다. 시간의 중요성을 깨닫고, 하루의 시간을 소중히 관리한다면 우리는 보다 나은 삶을 맞이할 수 있을 것이다.

03 : 입사 후 무조건 자격증에 도전하라

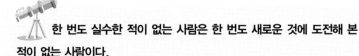 한 번도 실수한 적이 없는 사람은 한 번도 새로운 것에 도전해 본 적이 없는 사람이다.
– 앨버트 아인슈타인 –

직장인이라면 직장에 입사하기 위해 한 가지의 자격증 정도는 취득했을 것이다. 국가에서 인정하는 국가기술자격증이거나 국가전문자격 또는 민간기관에서 시행하는 자격증 일수 있다. 이러한 자격증을 취득하기 위해 많은 도전과 시도를 했을 것이며, 수많은 난관을 극복했을 것이다. 이러한 작은 노력들이 모여 '최종합격' 이라는 값진 선물을 받는다. 하지만 직장인이 된 이후 사람들은 보통 도전보다는 현재에 안주하게 된다. 안타까운 현상이지만 그만큼 직장인의 삶이 녹록치 않음을 알 수 있는 대목이기도 하다. 그래서 저자는 직장인들도 다시 새로운 자격증에 도전하기를 권한다.

사회가 발전하면서 직장인들도 새로운 공부가 필요하다. 누군가는 자기계발을 위해서, 누군가는 직장에서 자신의 몸값을 높이기 위해 공부를 한다. 공부를 해야 한다는 것은 안다. 그러나 계획을 세워놓고도 실천에 옮기는 사람은 많지 않다. 시간이 없다는 핑계가 대부분이다. 사실 일에 집중하다보면 하루가 어떻게 흘러가는지도 모른 채 지내는 경우가 많다. 하지만 이렇게 바쁜 생활 속에서도 13년째 계속 공부를 하고 있는 직장인이 있다.

　『직장인 공부법』의 저자인 이형재 작가이다. 그는 바쁜 일상생활 속에서도 충분히 공부를 병행할 수 있다고 한다. 그가 직장생활을 하며 취득한 자격증만 해도 10여 개에 달한다. 미국공인회계사(USCPA), 국제재무분석사(CFA), 국제재무위험관리사(FRM), 공인중개사 등 전공자도 쉽게 얻을 수 없는 자격증을 취득했다.

　그는 직장인은 이전과는 다른 공부법으로 접근해야 한다고 말한다. 직장인에게 맞는 공부법이 있다는 말인데, 그가 말하는 공부법은 다음과 같다.

　직장인에게는 공부 예열 3단계가 필요하다.

　1단계는 나를 이해하고 공부할 의욕을 충전할 것
　2단계는 공부하는 목표를 고민할 것

대부분의 직장인들은 목표만 설정하고 공부를 시작하려 한다. 목표만을 위해 일회성으로 학원을 등록하고, 인터넷 강의를 듣는다. 결국에는 의욕만 앞선 채 지속하지 못하는 결과를 초래한다. 이형재 작가는 직장인이 공부를 위해서는 시간을 효과적으로 관리할 것을 제안한다.

첫째, 주중과 주말 시간을 구분하여 관리할 것
둘째, 시험이 다가오면 공부 시간을 늘릴 것
셋째, 시간별 공부의 종류를 달리할 것
넷째, 집보다는 밖에서 공부할 것
다섯째, 목차중심으로 요약해서 공부할 것

저자도 위의 5가지에 동의하고 왜 그런지 부가적으로 설명해 보겠다.

첫째, 주중과 주말시간을 구분하여 관리하자.
직장인은 늘 바쁘다. 하루의 3분의 1을 직장에서 보내야 한다. 그렇기 때문에 평일과 주말의 시간을 구분하여 관리하는 것이 좋다.

둘째, 시험이 다가오면 공부 시간을 늘리자.

시험이 다가올수록 집중력과 몰입이 필요하다 생각한다. 주중에는 업무로 몸과 정신이 지쳐 있기 때문에 많은 시간을 투자하지 못할 수 있다. 이러한 부족한 부분을 주말에 보완하는 것이 좋다.

셋째, 시간별 공부의 종류를 달리하자.

사람마다 시간별 집중력이 다르다. 그래서 자신의 성향에 맞춰 과목과 시간을 적절하게 활용하는 것이 바람직하다.

넷째, 집보다는 밖에서 공부하자.

집에는 텔레비전, 컴퓨터, 핸드폰 등 공부를 방해하는 각종 기기들이 노출되어 있다. 게다가 집에서는 긴장감이 풀어져서 공부에 집중하기 어렵다. 가능한 한 밖으로 나가서 공부하라. 카페도 좋고 도서관도 좋다.

다섯째, 목차중심으로 요약해서 공부하자.

목차는 책의 뼈대라고 할 수 있다. 목차에는 핵심적인 내용이 요약되어 있기 때문에 전체적인 흐름을 파악할 수 있다. 목차를 읽다가 궁금한 부분이 생긴다면 해당 페이지에서 즉시 확인할 수 있다. 목차를 중심으로 공부하는 방법은 생각보다 더 효율적이다.

저자도 직장생활을 하면서 자격증에 도전한 경험이 있다. 운동을 좋아하는 편이어서 운동과 관련된 자격증에 도전했다. 자격증을 취득하기 위해서는 필기시험, 실기시험, 면접을 통과한 이후 소정의 연수를 받아야 했다. 이를 위해 주중에는 최대 2시간 정도 시험 준비를 하였고, 시험시작 한 달 전에는 주말에도 도서관에서 준비했다. 주로 기출문제와 핵심적인 내용 위주로 공부했다. 직장생활을 하다 보니 시간이 많지 않기 때문이었다. 시간이 많지 않았기에 그저 합격 커트라인만 넘기기로 작정했다. 기출문제를 풀어본 결과 틀린 문항이 많았다. 반복적으로 틀리지 않기 위해 오답노트를 만들어 핵심적인 내용을 적어 놓고 적극 활용했다. 그 결과 필기시험에 합격할 수 있었다. 필기시험에 합격할 수 있었던 비결은 『직장인 공부법』에서 말한 내용과 유사했다. 시험이 다가올수록 공부 시간을 늘렸으며, 집보다는 도서관에서 주로 공부했던 것이다. 모든 직장인들에게 권한다. 자신이 관심 있는 자격증에 도전하라. 직장에서의 승진에도 은퇴 후 삶에도 자격증은 큰 도움이 된다. 끊임없이 도전하라. 도전과 관련하여, 헬렌켈러는 다음과 같이 말했다.

　"인생은 과감한 모험이던가, 아니면 아무 것도 아니다."

　입사를 위해 준비하고 있는 사람들에게도 권한다. 입사를 하게 된다면 동시에 자신을 위해 적절한 자격증 취득에 도전하라고. 지금 현직에 종사하고 있는 사람들에게도 권한다. 지금이라도 자격증 취득에 도전하라고. 자격증은 취미활동에 도움이 될 수도 있고, 제2의 인생을 위한 바탕이 될 수도 있다. 혹시라도 떨어질까 하는 부담감으로 시작하지 못하는 사람도 있다면, 합격에 대한 부담감은 내려놓고 도전해 보라. 자격증에 도전했다는 자체만으로 대단한 것이기 때문이다. 이왕 한 번 사는 인생, 새로운 것에 도전하며 성취감을 느끼는 삶을 살면 아름답지 않겠는가!

04 : 출근 전 독서로 하루를 시작하라

남의 책을 읽는 데 시간을 보내라. 남이 고생한 것에 의해 쉽게 자기를 개선할 수 있다.
- 소크라테스 -

성공하는 기업인들에게는 공통적인 특징이 있다. 그것은 그들의 습관이다. 그중에서도 가장 눈 여결 볼 만한 것은 독서하는 습관이다. 그들은 바쁜 일상 가운데에도 손에서 책을 놓지 않는다. 그들에게도 고충과 고민이 있을 것이다. 하지만 최고 경영자로서 부하직원들에게 함부로 털어놓을 수는 없는 법이다. 이런 상황에서 그들이 상담자로 선택한 것은 책이었다. 그들은 아침 일찍 일어나서 책을 읽으면서 하루를 시작한다고 한다. 책을 통해서 위기를 이겨내고, 현재의 자리에 올라올 수 있었다고 말한다.

저자가 제대로 책을 읽기 시작한 것은 ROTC를 거쳐 장교로 임관한 후부터였다. 군인이 되고난 후부터 이른 아침과 가까워져야만 했다. 매일 아침이면 구보를 했으며, 훈련기간 동안 밤새는 일도 많았다. 하지만 여전히 아침에 일어나는 일은 힘들었다. 계속되는 훈련, 당직근무, 병력관리 등이 나의 마음을 지치게 만들었다. 군대생활은 생각했던 만큼 쉽지 않았다.

그런 과정을 겪던 중 서점에서 만난 책 한 권이 나를 변화시켰다. 귀찮고 힘들었지만 스스로 변화를 위해서 더 일찍 일어나기 시작했다. 새벽에 기상하여 처음 시작한 것은 독서였다. 처음 독서를 시작할 때는 하품이 나오고 눈꺼풀이 한없이 무거웠지만, 참고 계속 읽다보니 어느새 새벽 독서 습관이 붙었다. 새벽이라는 분위기가 더 좋아지고, 점점 독서량이 늘어났다.

그 당시 주로 읽었던 책은 기업인들이나 남들로부터 존경을 받는 분들의 일대기였다. 군대생활로 몸과 마음이 지쳐가던 나에게 그들은 난관을 어떻게 극복해 왔는지 궁금했다. 당시 저자는 계속되는 훈련과 수직적인 군대문화, 조직관리 그리고 다람쥐 쳇바퀴 같은 반복적인 삶으로 점점 매사에 부정적으로 변해가고 있던 시점이었다. 전입초기에 가졌던 열정도 식어가고 있었으며, 군복무에 대한 애정마저 사라지고 있었다. 하지만 새벽에 책을 읽으면서부터 부정적인 생각이 점점 내 곁에서 달아나는 것 같았다. 참으로 신기한 경험이었다.

독서를 계기로 나에 대한 믿음이 견고해지는 느낌을 받을 수 있었다. 책에 나온 여러 명언들은 나에게 희망과 믿음을 주었다. 이러한 희망과 믿음은 내가 긍정적인 생각을 할 수 있게 했다. 긍정적인 마음가짐으로 출근하니, 전과는 매우 다른 자세로 근무할 수 있게 되었다. 독서는 하루를 버티고 이겨낼 힘을 주었다.

독자들 중에 이렇게 반문하는 분들이 있을 지도 모른다. 아침에 출근하기도 바쁜 데 책 읽을 시간이 어디 있느냐고 말이다. 사실 직장인에게 새벽부터 독서에 대해 권하기란 쉽지 않다. 하지만 그래도 권하고 싶다. 특히 새벽시간에는 반드시 책을 읽으라고 말해주고 싶다. 저자가 새벽에 독서를 하면서 느낀 점이 많다. 이른 아침의 독서는 장점이 더 많다. 그 이유는 다음과 같다.

첫째, 좋은 습관을 가질 수 있다.

아침에 일찍 일어나는 것만으로 이미 좋은 습관을 가졌다고 할 수 있다. 이런 상황에 독서까지 한다면 더 좋은 습관을 가지게 된다. 좋은 습관은 시간이 지남에 따라 독서량이 많아진다. 독서량이 많아지면 어느새 한 분야에 대한 전문가가 된다.

둘째, 책에 집중하는 힘이 생긴다.

새벽시간은 고요하다. 남들이 잠들어 있는 시간이다. 남들이 잠든 시간에 일찍 일어난 사람의 뇌는 생산적이고 고효율의 상태이다. 독서를 방해할 요소는 없다. 만약 있다면 자신뿐이다. 그러기에 책에 더욱 집중할 수 있다.

셋째, 시간을 효율적으로 보낼 수 있다.

이른 아침 우리의 뇌는 고효율적인 상태에 이른다. 물론 사람에 따라 차이는 있을 수 있으나, 저자의 경험상 이른 아침이 생산적이고 집중력도 높다. 방해받지 않고, 온전히 집중할 수 있다. 평소에는 30분이 소요될 일을 새벽에는 10분 만에 해결 할 수도 있다.

이러한 고효율인 상태에서 아침 10분은 오후의 30분, 1시간 또는 그 이상의 효과를 볼 수 있다. 그래서 이른 새벽 독서를 추천한다.

저자는 성격이 급하고 자기주장이 강한 편이다. 잘못된 것을 보면 그 자리에서 해결하려는 습성도 있다. 그러다 보니 직장생활에서는 장점보다는 단점이 부각된다. 조직생활에서 좋지 않은 상황을 겪은 적도 많았다. 이러한 문제는 개선시킬 필요가 있었다. 문제를 해결하기 위해 성경책에 나오는 중요한 부분을 따로 모아 놓은 책을 찾았다.

성경은 말과 언어에 대한 중요성을 강조했는데, 특히 '잠언' 부분을 통해 말과 언어에 대한 중요성을 깨달았다. 말은 내가 생각한 이상으로 중요했다. 옛 속담에서도 '말 한마디로 천 냥 빚을 갚는다.'라고 하지 않았던가! 잠언에 나온 문구를 읽으면서 말의 중요성을 뼈저리게 깨달았다.

물론 굳어진 성격을 고치기란 쉽지 않았다. 이러한 습관을 조금이나마 개선하기 위해 키보드와 책상 앞에 성경 구절을 오려 붙여 놓았다. 무의식중에 읽고 조심하기 위함이었다. 말의 중요성을 깨달은 후에는 말 수를 줄이고 되도록 필요한 말만 하려고 노력했다. 그리고 단점을 조금씩 개선할 수 있었다. 이 모든 것이 책 덕분이었다. 유사한 어려움을 겪고 있는 직장인이 있다면 저자의 방법대로 한 번 시도해볼 것을 권한다.

독서에 관한 기사를 읽은 적이 있다. 조사 결과에 따르면 한국인의 하루 평균 독서시간은 6분에 불과하다고 한다. 성인 중에 1년에 단 한 권의 책도 읽지 않는 사람이 많다는 뜻이다.

사람들이 책을 읽지 않는 데는 스마트폰의 영향이 크다고 생각한다. 스마트폰이 도입된 이후로 우리의 삶은 많이 변했다. 스마트폰을 사용함으로서 삶이 편리해지고 빨라지는 장점이 있는 반면 스스로 생각하고 고민하는 힘이 약해지는 단점도 생겼다.

스마트폰보다는 책과 가까워져야 한다. 아침에 일어나 고요한 분위기 속에서 맑은 정신으로 책을 읽으면서 머릿속 근육을 키우는 시간을 갖자. 하루에 한 장, 하루에 단 10분이라도 좋다. 중요한 것은 하루의 시작인 아침에 책을 읽는 습관을 가지자는 것이다. 그렇게만 한다면 이전과는 다른 삶이 펼쳐질 것이다.

05 : 출근 전 2시간, 운동으로 건강한 몸을 만들자

신체적으로 건강함은 신체가 자기가 맡은 기능을 잘 수행하는 것
이고, 정신적인 건강 역시도 자기의 기능을 잘 수행하는 것이다.
－플라톤 －

성공한 사람들의 공통점 중 한 가지는 자기관리가 철저하다는 점이다. 성공한 기업인은 새벽에 일어나 가벼운 운동으로 몸을 푼다. 그들은 건강의 중요성을 일찌감치 알고 있다. 몸이 건강해야 불확실한 환경 속에서도 난관을 이겨낼 수 있는 힘을 얻을 수 있으며, 모험 할 수 있는 정신적 힘이 생기기 때문이다.

입사 지원 후 최종합격 통보를 받은 날이었다. 그 통보는 내게 사탕처럼 달콤하기만 했다. 하지만 그 달콤함은 그리 오래가지 않았다. 어느 날 동료직원이 갑작스럽게 퇴사했다. 그로 인해 부서의 인원과 업무가 변경되었으며 업무가 늘어났다. 모두 처음 겪는 일이었다. 인수인계도 받기 어려웠다. 전임자는 입사한지 얼마 되지 않은

상태였고, 그 또한 새 부서에서 적응하는 시간이 필요했다.

업무가 안정되기까지 시간이 필요했다. 안정이 되는 과정에서 많은 어려움과 시행착오를 겪었다. 또한 기존의 업무를 새롭게 개선하고자 하는 과정에서 팀원 및 상사와 의견충돌도 발생했다. 성격상 남들과 쉽게 타협하지 못했다. 자주 갈등이 생겼다. 주변에서 나를 보는 시선이 좋지 않았다. 입사 초 나의 상황은 나날이 악화되고 있었다. 퇴근 후 집에 돌아오면 '내가 뭐하고 있는 건가?' 하는 자괴감도 들었다. 그렇다고 해서 무책임하게 그만둘 수는 없었다. 일단은 현재 맡은 업무를 끝내야겠다는 생각밖에 들지 않았다.

그런 상황에서 출근길은 나에게 고통이었다. 출근 후에는 빨리 퇴근하고 싶다는 생각만 했다. 그러던 어느 날 몸에서 이상증후가 발견되었다. 자고 일어나면 엉덩이 쪽이 찌릿한 느낌이 들었다. 몸도 점점 야위어 갔다. 스트레스성 여드름이 얼굴 곳곳에 솟아올랐다. 변화의 필요성을 실감했다. 현재 상황을 극복하기 위한 힘이 필요했다. 선택한 것은 운동이었다. 하지만 엉덩이 통증으로 운동도 쉽사리 할 수 없었다. 건강만큼은 자신 있다고 자부해 왔었는데… 좌절감이 몰려왔다. 이대로 있다가는 우울증에 걸릴 것만 같았다. 포기할 수 없었다. 운동 대신 책을 읽기로 했다. 퇴근 후나 주말은 물론 시간이 날 때마다 도서관과 서점으로 향했다. 책을 통해 나와 유사한 증상의 사례를 찾을 수 있었다. 허리통증, 엉덩이 통증 등이 그랬다. 사무직에 종사하다 보면 어깨를 웅크리거나 목을 모니터 가까이 대는 동작을 많이 하게 된다. 이러한 동작이 목과 허리에 좋지 않다는 것을 책을 통해서 알게 된 것이다. 그 책에 따르면 업무 중에 짬을 내어 척추를 원위치로 되돌릴 수 있는 동작이 필요하다고 했다. 새벽에 눈을 뜨자마자 바로 운동복으로 갈아입었다. 그리고 신발을 반쯤만 신은 채 문 밖을 나섰다. 온전하게 신발을 신기 위해 지체하다가는 혹시라도 잠의 유혹에 빠져들까 우려되었기 때문이다. 완전히 밖으로 나온 후 신발 끈을 묶었다. 걸어서 약 10분정도 소요되는 곳에 헬스장이 있었다. 헬스장에 들어가는 즉시 매트 위에서 책에서 제시한 동작을 실천했다. 그렇게 한 달가량 운동을 지속했더니 다행히 몸이 점점 나아지는 것을 느낄 수 있었다.

몸이 조금씩 나아진 후에는 무리하지 않는 선에서 달리기와 근육 운동을 조금씩 병행했다. 운동하는 동안 땀을 흘리면서 현재에 집중할 수 있는 점도 좋았다. 새벽 운동을 하면서 일상에 조금이나마 집중할 힘을 얻었다. 새벽 운동의 장점은 다음과 같다.

첫째, 잡념이 없어진다.

운동을 하면 몸에서 열이 나기 시작한다. 열이 나면 체온조절을 위해 땀을 배출한다. 이러한 과정 속에서 자연스럽게 운동에 집중하게 된다. 운동에 집중하면 머릿속에 있는 잡념이 사라진다.

둘째, 스트레스를 풀 수 있다.

운동을 하면 머릿속에 잡념이 없어지니, 직장생활에서 받은 스트레스를 잠시나마 내려놓을 수 있다. 스트레스에서 벗어나면 기분도 상쾌해진다. 이러한 순간을 느끼기 시작하면 운동은 점점 일상이 된다.

셋째, 건강해 진다.

운동을 통해 건강해진다는 사실은 많은 연구결과로써 증명되었다. 각 부위의 근육이 발달하는 체력적인 효과와 함께 심장의 용량 및 크기가 증가하며 폐의 기능도 증가한다. 심리적으로도 운동은 인간의 공격적인 본능과 부정적인 생각을 감소시키는 데 효과가 있다. 규칙적인 운동은 면역효과로 질병과 외부 자극에 관하여 긍정적인 영향을 준다는 연구보고도 있다.

그 외에도 저자는 피부가 좋아지는 경험을 했다. 직장생활을 하면서 받은 스트레스로 얼굴에 각종 여드름이 생겼다. 적절한 방법을 찾지 못해 얼굴에는 흉이 생기고 보기에도 좋지 않았다. 하지만 운동을 하면서 땀을 내어 몸속 노폐물이 제거되자 여드름이 점차 줄어들었다.

몸의 통증이 완화된 후에는 근력운동을 병행했는데, 맨몸운동, 기구운동을 번갈아 했다. 당시는 추운 겨울이었기에 아침에 일어나도 해는 뜨지 않은 상태였다. 운동을 하기 위해 밖으로 나서면 주변은 어둠으로 적막하고 한기가 몸 안으로 스며들었다. 헬스장에 도착하면 몸부터 풀어야 했다. 겨울이라 부상 우려가 높기 때문이었다. 새벽시간 운동할 때는 특히 집중해서 해야 한다.

운동을 시작하며 느낀 점이 많다. 원래는 저녁에 운동을 하는 편이었는데, 하루를 시작하는 새벽에 운동을 시작하면서 생각이 많이 바뀌었다. 출근할 때 정신이 맑고 육체가 가벼운 긍정정인 영향을 준 것이다. 새벽운동을 하지 않았을 때는 비몽사몽 상태로 출근하는 경우가 많았다. 하지만 운동을 시작한 후로는 전보다 맑은 정신으로 출근할 수 있게 되었다. 새벽시간에 운동하면 다음과 같은 장점도 있다.

첫째, 사람이 적고 붐비지 않아 이동이 자유롭다.

둘째, 원하는 기구를 언제든지 자유롭게 사용할 수 있다. 저녁시간에는 원하는 운동기구를 차지하려면 오래 대기해야 한다.

셋째, 운동을 하고 난 후 뿌듯함을 느낄 수 있다. 운동을 끝내고 다시 돌아가는 길은 보람차고 무언가를 해냈다는 성취감을 느낄 수 있었다.

우리의 삶 속에는 중요한 요소가 많다. 돈, 명예, 부, 자동차, 좋은 집 등이다. 하지만 가장 중요시해야 할 한 가지는 바로 건강이다. 돈이 많으면 부유하게 살 수 있다. 명예가 있으면 존경 받을 수 있다. 건강하면 부자도 되고 명예도 가질 수 있다. 반면에 건강을 잃으면 부와 명예도 소용없다. 건강해야 여행도 가고 직장생활도 할 수 있다. 건강해야 좋은 사람을 만나 데이트를 하고 결혼도 할 수 있다.

당장 내일부터라도 새벽에 일어나 하루 한 시간만 나를 위해 투자하자. 여러분의 인생에 변화라는 선물이 다가올 것이다.

06 : 퇴근 후 자기계발에 눈을 돌려보자

남들보다 더 잘하려고 고민하지 마라 지금의 나보다 잘하려고 애쓰는 게 더 중요하다.

- 윌리엄 포크너 -

직장인에게 퇴근은 중요하다. 그런 만큼 퇴근 후의 시간을 어떻게 보냈는지에 따라 삶은 천차만별이다. 대부분의 직장인은 퇴근 후 쉬고 싶어 한다. 업무로 인해 몸은 피곤하고 스트레스로 정신마저 힘든 상태이기 때문이다. 몸과 정신이 피곤하니 퇴근 후에는 무기력해 질 수 있다. 스트레스를 풀기 위한 방법으로 직장동료와 치킨에 맥주를 마시거나, 소주 한 잔에 삼겹살을 먹을 수 있다. 기혼자라면 가족들과 시간을 보내야 할 것이며, 미혼자라면 개인 취미활동을 할 수도 있다. 하지만 퇴근 후의 시간을 이제부터라도 생산적으로 보내야 한다. 누구나 언젠가는 퇴직이라는 문을 통과해야 하기 때문이다. 성공적인 퇴직준비에 전념해야 한다. 그 준비는 퇴근 후 자기계발 유무에 달려있다.

저자는 어린 시절부터 영어를 잘하고 싶었다. 영어를 잘하려고 열심히 공부했다. 하지만 쉽게 영어실력이 향상되지 않았다. 대학교 시절, 해외에서 교환학생을 하면서 영어를 습득하는 친구들을 볼 때면 내심 부러웠다. 그러나 저자의 경우 학군단 생활을 했기에 교환학생은 꿈도 꿀 수 없었다.

영어에 대한 갈증은 직장인이 되어서도 지속되었다. 틈틈이 영어를 공부했다. 문법 위주로 했던 학습 방법을 듣기를 통해 공부하는 방법으로 바꾸었다. 인터넷을 통해 외국인과 대화하고 영화 대사를 들으면서 읽고 말하는 방법이었다.

퇴근 후에는 영화 대사를 듣고 따라 하기를 반복했다. 처음에는 쉽지 않았다. 피곤할 때도 있었으며, 생각만큼 잘 되지 않을 때도 있었다. 그렇지만 하루에 정해놓은 공부 분량을 채우려고 노력했다. 어느 날 효과가 나타났다. 식당에서 밥을 먹다가 갑자기 영어가 내 귀에 선명하게 들리는 경험을 했다. 그러한 경험은 그 이후로도 계속되었다. 지금은 영화를 보거나 영어 관련 동영상을 보며 이해하고 따라할 수 있는 수준이 되었다.

이렇게 퇴근 후 자기계발을 하며 깨달은 것이 있다. 자기계발은 입사를 하기 위한 것일 뿐 아니라 입사 후에도 매우 중요하다는 점이었다. 현재의 나를 발전시키고, 미래 다가올 인생을 준비할 수 있기 때문이다. 저자가 퇴근 후 미래를 준비하면서 깨닫게 된 내용은 아래와 같다.

첫째, 시간을 생산적으로 보낼 수 있다.

퇴근 후의 시간을 단순히 보냈을 때와 나를 위한 시간으로 사용했을 때 확연한 차이가 있었다. 자기계발을 시작할 때는 단 1분이라도 아껴서 나를 위한 투자라는 생각으로 보내게 된 반면, 아무것도 하지 않을 때는 몸은 편했지만 무엇인가 허전한 감정이 들었다.

둘째, 미래를 미리 준비할 수 있다.

직장생활에는 끝이 있게 마련이며, 종래에는 퇴직과 마주하게 된다. 퇴직에 대비하여 미리 준비할 수 있는 기회를 만들 수 있다.

셋째, 나만의 역량을 갖출 수 있다.

미래를 미리 준비하여 역량을 갖추었다고 가정하자. 4차 산업혁명에 대비하여 IT, 로봇, AI, 무인자동차, 생명공학 등에 관하여 공부하고 준비했다고 가정하자. 현재의 직장뿐만 아니라 미래에도 자신에게 큰 자산이 될 수 있다. 하루에 1시간만 투자해 보자. 1달이면 30시간이다. 1년이면 365시간이다. 1년 후면 이전과는 차별화 되어 있는 자신을 만나게 될 것이다.

저자는 퇴근 후 대학원에 다니고 싶었다. 성수기에는 어렵지만 비수기에는 시간을 낼 수 있었기 때문이다. 대학원에 진학할 결심이 선 이후에 인터넷을 통해 입학할 수 있는 학교에 대해 알아보았다. 대학원을 다닐 수 있는 방법에는 여러 가지가 있었다.

첫째, 주말 수업
둘째, 계절학기
셋째, 야간수업
넷째, 기타(인터넷 등)

첫째, 주말수업이다.

주말의 경우 토요일에 수업을 몰아서 한다. 평일에 수업을 받기 어려운 직장인인 나에게 유리했다.

둘째, 계절학기이다.

일정기간 동안 몰아서 수업하지만, 평일에 수업을 진행하기 때문에 직장인이 선택하기에는 불리한 제도이다.

셋째, 야간수업이다.

보통 18시 이후에 수업이 진행된다. 야근이 많은 직장인이 선택하기 어렵다.

넷째, 인터넷과 동영상 강의를 통해 학습할 수 있다.

시간과 장소에 구애받지 않고 할 수 있는 장점이 있다.

저자는 가능한 한 수도권에서 공부하고 싶었다. 하지만 지방에서 근무하고 있었기 때문에 어쩔 수 없이 주말에 다닐 수 있는 학교를 선택했다. 서류전형과 면접으로 입학허가를 받았다.

서류전형에 합격한 다음 면접시험을 치렀다. 면접 당일 면접자가 교실을 가득 채웠다. 그렇게 많은 사람이 지원했을 것이라고는 생각도 하지 못했다. 저자와 같은 생각을 가지고 미래를 대비하려는 사람들이 그렇게 많을 줄 몰랐던 것이다. 이후 합격 통지를 받고 기쁘면서도 내심 걱정이 되었다. 주말에 쉴 수 없었기 때문이다. 토요일 단 하루 수업을 듣는 것도 쉽지만은 않았다. 수업은 오전 9시에 시작해서 오후 5시에 끝났다.

직장에서의 하루는 출근으로 시작해서 퇴근으로 끝이 난다. 퇴근 후에는 각자 목적지가 다를 것이다. 운동을 좋아한다면 헬스장에서 땀을 흘릴 것이다. 독서를 좋아한다면 서점으로 향할 것이다. 공부를 좋아한다면 학원에 가거나 도서관에 갈 수 있다. 각자 자신의 성향에 따라 좋아하는 것 또는 필요에 따라 자신에게 유익한 것을 할 것이다.

중요한 것은 퇴근 후 무엇을 위해 시간을 보내느냐 또는 어떻게 시간을 보내느냐에 달려있다. 퇴근 후의 시간을 단지 남는 시간으로만 볼 것인지, 자신을 위한 시간으로 볼 것인지 말이다.

퇴근 후 자신을 위해 단 10분만이라도 투자해 보자. 10분은 30분으로, 30분은 1시간으로 늘어날 것이다. 이러한 작은 시간이 모이고 쌓인다면 퇴직 후의 삶은 눈부실 것이다.

07 : 퇴직의 끝에서 생각하고 준비해라

 준비에 실패하는 것은 실패를 준비하는 것이다.

– 벤저민 프랭클린 –

세상 모든 일에는 시작이 있으면 끝이 있다. 학교에 입학하면 졸업을 한다. 군대에 입대하면 전역이라는 선물을 받는다. 식당에 들어가서 음식을 주문하면 다 먹은 후에는 식당을 나가야 한다. 심지어 컵에 담긴 물 한잔도 마시면 사라지고 만다. 이와 마찬가지로 직장생활에도 동일한 원리가 숨어있다. 입사를 했다면 퇴직이라는 문을 통과해야 한다.

입사 후 퇴직이라는 단어는 먼 훗날의 일 또는 남의 일처럼 느껴졌다. 하지만 연차가 쌓이면서 점점 생각이 달라지기 시작했다. 함께 일했던 직원들이 하나 둘 정년퇴임하는 것을 보면서 퇴직이 남의 일만이 아니라는 생각을 하게 되었다. 생각과 동시에 정년퇴임하는 나의 미래를 떠올렸다. 그러면서 스스로에게 많은 질문을 했다.

첫째, 정년퇴임할 때 나는 행복할까?
둘째, 후회하지 않을까?
셋째, 나는 정년퇴임을 원하는가?

위와 같은 질문을 하면서 미래에 대해 고민했다. 매일 아침에 기상한 후 위의 세 항목에 대해 스스로에게 물어보았다. 퇴근 길 노을을 보면서도 자문했다. 쉽게 답을 내릴 수 없었다. 다만 한 가지는 명확히 알 수 있었다. 그것은 아무 준비 없이 직장을 퇴직한다면 엄청나게 어려운 상황과 마주해야 한다는 사실이었다.

'직장인은 누구든지 회사를 떠나야 한다. 그것이 1년 후든, 3년 후든, 5년 후든 10년 후든, 30년 후든 시간의 흐름과 함께 떠나야 한다. 기간의 차이만 있을 뿐이다. 선택인 것처럼 보이지만 퇴직의 본질을 직시하면 퇴직은 선택이 아닌 필수이다.'

위와 같은 결론이 떠오르자, 미래는 또 하나의 기회가 되었다. 당장에 퇴직하는 것은 아니지만, 퇴직의 끝에서 생각하기로 했다. 퇴직 후를 대비하여 계획을 세웠다. 그리고 5가지를 계획하고 실천에 옮겼다.

첫째, 미래 준비를 위해 독서를 한다.

도서관에는 많은 종류의 책이 있다. 경제, 경영, 건강, 운동 분야

등 자신이 관심 있고 좋아하는 분야의 책은 모두 읽을 수 있다. 저자는 시간 관리와 미래 준비에 관한 책들을 주로 읽었다.

둘째, 외국어 능력을 향상시킨다.

저자는 어린 시절부터 영어를 잘 하고 싶었으며, 학창시절에는 열심히 영어 공부에 매진해왔다. 하지만 시험 위주로 공부해 온 결과 외국인과 대화는커녕 단 한마디도 그들의 말이 귀에 들어오지 않았다. 미래를 준비하기로 작정한 후 영어로 된 영화와 동영상을 시청하면서 공부했다. 그 결과 외국인들이 하는 영어가 조금씩 들리기 시작했다. 그리고 영화나 영어 동영상을 보면서 따라할 수 있게 되었다.

셋째, 나의 이름으로 된 책을 출간한다.

저자는 우연한 기회에 책을 쓸 수 있는 기회와 마주했다. 읽기만 했지 책을 쓰겠다는 생각을 하지는 못했다. 책을 쓰기 위해 주말마다 수도권으로 버스를 타고 다녔다. 그 결과 군인과 청년들을 대상으로 하는 『군대에서 하는 미라클 독서법』이라는 책을 출간할 수 있었다. 또한, 이후 『새벽을 여는 인생이 삶을 바꾼다』, 『목차 독서법』을 출간하며 퇴직 이후의 삶을 준비하고 있다.

넷째, 학업을 병행한다.

배움을 위해 대학원에 등록했다. 주말 중 하루인 토요일은 미래를 위해 시간과 비용을 투자하고 있다.

다섯째, 나의 장점을 살린다.

저자는 운동을 좋아한다. 운동을 하고 땀 흘리면서 스스로를 향상시키는 것을 좋아한다. 게다가 어릴 때부터 무술을 해왔다. 그래서 하루의 일과를 운동으로 시작한다. 운동과 병행하여 운동관련 자격증 취득을 위해서도 노력한 결과, 무술과 운동 관련 지도자 자격을 취득했다.

사회가 발전하면서 인간의 수명은 늘어나는 추세이다. 이와 맞물려 사회는 점점 고령화가 진행되고 있다. 의료기술의 발달로 살기 좋은 사회가 되고는 있지만 그 이면에는 다른 문제가 발생한다. 이러한 내용을 바탕으로 우리는 퇴직의 끝에서 생각하는 것이 더욱 중요하다 생각한다. 그 이유는 다음과 같다.

첫째, 시간
둘째, 생계수단
셋째, 노후대비

우리는 대체로 시간에 대해서는 관대한 편이다. 시간은 멈추지 않는다. 지금도 시간은 흐르고 있다. 그런데 시간은 매우 중요하다. 화폐가 될 수 있고, 건물, 토지, 금이 될 수도 있다. 사람은 노후라는 삶의 마지막 단계로 향해 간다. 미래를 준비하는 데에 있어 시간을 아끼고 잘 활용하는 것이 필수이다.

'퇴직의 끝에서 시작하라' 라는 말은 단순한 논리이다. 하지만 이 단순한 논리를 이해하는 것과 못하는 것에는 큰 차이가 있다. 저자의 경우, 이 단순한 논리를 몰랐을 때의 시간 사용과 알았을 때 시간 사용에서 인생을 바라보는 시각이 달라졌다.

만약 누군가가 이러한 단순한 논리를 내가 입사한 순간부터 일깨워 주었다면 지금의 나는 매우 긍정적으로 달라져 있을 것이다. 이러한 단순한 논리는 모든 연령대에도 적용가능하다. 학생은 졸업의 끝에서 시작할 수 있다. 군인의 경우 전역의 끝에서 시작할 수 있다. 중요한 것은 이미 그것을 이루고 끝냈다는 가정 하에서 시작하는 것이다. '우리는 퇴직의 끝에서 시작한다.' 라고 말이다.

08 : 자기계발을 위한 차별화 전략

누구도 해낸 적 없는 성취란, 누구도 시도한 적 없는 방법을 통해서만 가능하다.

– 프랜시스 베이컨 –

최근 직장인은 물론이고 학생, 주부 등 많은 사람들이 자기계발에 열광하고 있다. 자기계발에는 독서, 공부, 운동, SNS 관리, 취미활동 등이 있다. 이 중 직장인에게 자기계발은 회사 생활에 많은 도움이 될 것이다. 승진이나 이직, 퇴직 후 제2의 삶을 위해서라도 말이다. 하지만 대부분의 사람은 시간이 없다고 불평한다. 회사 생활을 하게 되면 이른 아침부터 퇴근하기 까지 눈코 뜰 새 없이 바쁘다. 회사 생활은 마치 유명한 음식점에서 맛있는 음식을 만들기 위해 분주하게 준비하는 주방과 같다. 울리는 전화, 주변 협력 회사와의 미팅, 긴급한 회의, 상사의 지시 등을 수행하다보면 몸이 하나로는 모자랄 지경이다.

그래서 우리에겐 차별화 전략이 필요하다. 우리만의 노하우가 필요하다. 직장에 출근 했다면 자신만의 노하우로 시간을 효율적으로 보내야 한다. 효율적으로 보내기 위한 방법을 알고자 한다면 이번 장을 끝까지 읽어보길 바란다.

저자가 직장생활을 하면서 느낀 점은 직장에서 나만의 시스템을 구축해야 한다는 것이다. 여기서 의미하는 시스템은 아래와 같다.

첫째, 병원에 갔을 때 우리의 행동이다.

먼저 접수한다. 그리고 의사의 진찰을 받은 후 병원비를 계산하고 나간다. 그 다음 처방전을 가지고 약국으로 간다. 이러한 일련의 행동을 누구에게 물어보지 않고, 자연스럽게 한다. 배우지 않았음에도 마치 배운 것처럼 행동한다.

둘째, 식사를 위해 식당에 갔을 때 우리의 행동이다.

뷔페 형식의 식당으로 가정하자. 먼저 식판을 든다. 그리고 음식을 담기 위해 줄을 선다. 음식을 식판에 올려놓은 후 각자 자리에 앉아서 식사한다. 이처럼 우리는 별다른 교육 없이도 자연스럽게 행동한다.

바구니나 카트에 원하는 물건을 담는다. 그런 다음 계산대에서 결제를 한다. 결제 후 밖으로 나간다.

이 3가지의 공통점이 보이는가? 보고 배우지 않아도 우리는 이렇게 자연스럽게 행동할 수 있다. 이러한 원리는 회사에서도 마찬가지다. 직장에서도 위와 같은 일련의 시스템을 갖추어야 한다.

행정업무를 하는 저자 역시 나만의 시스템으로 시간을 절약하여 업무를 효율적으로 처리하고 나만의 시간을 생산적으로 활용하고 싶었다. 시간을 확보하고 효율적인 업무처리를 위해 정말 많은 시도를 했는데 그 중 몇 가지를 소개하자면 아래와 같다.

첫째, 업무를 위해 다이어리를 준비했다. 다이어리의 가장 큰 장점은 시간 관리에 있다. 연간 일정부터 월간, 주간, 1일 시간관리가 가능하다. 하루의 시간도 관리가 가능하다. 다이어리에는 1월 1일부터 12월 31일까지 일자별로 기록되어 있다. 이 작은 선택이 엄청난 효율성을 발휘한다. 아마 대부분의 직장인은 유선노트를 사용하고 있을 것이다. 하지만 유선노트에는 일일이 날짜를 기록해야 한다. 만약에 1월 1일이라면, 한쪽 여백에 해당 날짜를 써야 한다. 이렇게 되면 1년이라는 시간을 온전히 담지 못한다. 하지만 다이어리는 우리가 작성하지 않아도 온전히 1년이라는 시간을 담을 수 있다. 또한 회의 중에 어떤 안건에 대한 한 달 후 날짜가 논의된다면, 회의 중에 해당 날짜의 페이지로 이동하여 미리 표시할 수 있는 장점이 있다.

둘째, 업무의 데드라인 설정이다. 우리는 매일 많은 양의 업무를 처리한다. 각 업무마다 데드라인을 설정하면 업무가 훨씬 수월해 진다. 데드라인은 곧 우선순위와 연관된다. 데드라인이 짧을수록 긴급하고 중요한 업무로 여기게 된다. 또한 일을 처리하는 속도는 빨라질 수 있다. 왜냐하면 일을 끝마쳐야 하는 기준점이 있기 때문이다.

셋째, 사무용품의 공간설정이다. 사무용품의 공간설정이란, 업무에 필요한 사무용품에 고정된 공간을 마련해 주는 것이다. 이러한 공간을 위해서는 다음의 절차가 필요하다.

1. 필요한 사무용품 확인
2. 책상 위에 모두 올리기
3. 각 사무용품별 공간 설정

현재 자신이 근무하는 자리에서 사무용품을 확인한다. 그리고 사무용품을 모두 책상에 올려놓는다. 사무용품을 올려놓았다면 자신이 앉아있는 자리를 기준으로 손이 닿는 곳에 사무용품을 정렬한다. 이 때 주의할 점은 한 번 물품을 올려놓았더라도 충분히 위치는 바뀔 수 있다. 지속적인 실천을 하다보면 나에게 적합한 사무용품 자리가 보일 것이다. 이 때 사무용품별 공간을 만들어준다. 그리고 사용한 사무용품은 원래 위치로 갖다 놓도록 한다. 즉, 자신에게 필요한 사무용품을 책상 위에 올려놓고, 필요한 순간에 사용할 수 있도록 공간을 만들어 주는 것이다.

사무직에 근무하는 분들에게 꼭 시도해 볼 것을 권한다. 클립이나 포스트잇 하나라도 좋다. 이러한 하나하나가 업무를 할 때 1분, 5분, 10분 등 소중한 시간을 절약해 준다. 겉보기에는 별것 아닌 것처럼 보일 수 있지만 그 효과는 지대하다.

직장인은 작은 시간을 아껴야만 퇴근 후 자신의 시간을 확보할 수 있다. 긴급한 순간에 포스트잇, 클립, 칼, 가위, 풀 등과 같은 작은 것 하나 제대로 찾지 못하면 결국 시간을 낭비하게 된다. 직장생활을 하면서 남들과 달라지는 것에 거부감이 있을 수 있다. 하지만 업무에 있어서는 기꺼이 남들과 차별화를 두어야 한다. 효율적인 업무 추진으로 확보한 시간을 퇴근 후 자신만의 시간으로 활용하자.

Chapter

02
—
직장에서
위기를 기회로
바꾸는 방법

CHAPTER_02

모든 사람들이
세상을 바꾸겠다고
생각하지만
어느 누구도 자기 자신을
바꿀 생각은
하지 않는다.

[톨스토이]

01 : 책을 만나기 전과 후의 인생은 다르다

> 책이 없는 집은 문이 없는 가옥과 같고, 책이 없는 방은 혼이 없는 육체와도 같다.
> – 키케로 –

직장인들은 업무상으로나 개인적으로나 많은 사람을 만난다. 업무와 관련된 협력 회사 관계자를 만날 수 있다. 직장동료와 식사를 할 수도 있다. 친구와 소주 한잔을 기울이면서 직장인의 고달픔을 달랠 수도 있다. 그럴 경우 많은 사람들이 약속 장소에 가는 도중에 스마트폰을 본다. 약속장소에 도착해서도 마찬가지이다. 물론 스마트폰 안에도 좋은 정보가 많다. 하지만 대부분 자기계발 정보와는 관련 없는 메시지 주고받기나 게임이나 유튜브 등을 통해 오락거리에 열중한다. 진정 자기계발을 원하는 사람이라면 손에 스마트폰 대신 책을 들어야 한다. 약속장소에 가는 도중, 약속장소에 일찍 도착해서도 핸드폰이 아니라 책 한 장을 넘겨보자.

저자는 종종 출장이나 개인적 업무로 수도권으로 이동할 때가 있다. KTX 기차나 버스를 자주 이용하는데, KTX는 빠른 만큼 나의 시간을 절약해 주는 장점이 있다. 버스는 백화점 건물 내에 있기 때문에 각종 편의시설을 이용할 수 있는 장점이 있다.

저자는 버스를 이용할 때 특별한 경우가 아니라면 출발시간보다 한 시간 일찍 나간다. 그곳에 있는 서점에 들리기 위해서이다. 서점은 생각만으로 기분을 좋게 해준다. 아래의 이유 때문이다.

첫째, 방대한 자료가 진열되어 있다.
둘째, 새로운 정보를 습득할 수 있는 각종 신간서적이 구비되어 있다.
셋째, 공간이 쾌적하여 책에 전념할 수 있다.

서점에는 유익한 책이 넘쳐난다. 그 방대한 자료를 보고만 있어도 흡족한 느낌이 든다. 그리고 매일 쏟아지는 신간서적들이 즐비하다. 예쁜 표지로 된 신간서적은 보기만 해도 기분이 좋아진다. 한 권씩 읽다가 구매하게 되는 경우도 많다.

또 하나의 장점은 장소가 쾌적하여 독서에 집중하기에 좋다.

저자는 직장인이 된 후, 주말만 되면 서점에 가거나 도서관에서 책을 읽는다. 책을 읽는 그 순간만큼은 다른 잡념이 생기지 않는다. 책에 집중하면 기분전환도 되는 동시에 많은 지식을 얻을 수 있다. 또한 책을 읽으면서 많은 변화를 체험했다. 부정적인 생각은 긍정적으로 변했고, 과거에 얽매이기보다 현재에 감사하고 집중할 수 있게 되었다.

직장인에게 좋은 점 중 하나는 매월 월급을 받는다는 것이다. 그런데 월급을 제대로 활용하면 나의 가치를 높일 수 있지만, 월급을 관리하지 못하면 일은 일대로 힘들고 생활은 나아지지 않는다.

저자는 이러한 돈 관리의 중요성을 책을 통해서 깨우칠 수 있었다. 예를 들면, 저축만 해서는 재산을 늘리기가 어렵다. 왜냐하면 세상에는 화폐가치와 물가라는 관계가 있기 때문이다. 책을 읽기 전에는 이러한 기본적인 상식조차 알지 못했다. 저축만이 최고인 줄 알고 있었지만 책을 통하여 저축만으로는 재산을 불리고 축적하기에는 한계가 있음을 깨달았다. 저축은 투자를 위해 목돈을 만들기 위한 과정 중 하나였다. 이렇게 독서는 직장인이 된 이후도 중요해졌다. 책을 읽을수록 중요하다는 생각이 들었다. 그 이유는 다음과 같다.

첫째, 실용적인 정보를 얻을 수 있다.

직장인이 되기까지 학교에서 많은 교육을 받아 왔다. 그러나 학교 교육만으로는 세상살이에 대한 정보를 얻는 데 한계가 있다. 이러한 한계를 보완해 줄 수 있는 것이 책이다. 책 속에는 다양한 분야의 실용적인 정보들이 넘쳐난다. 책 속에서 우리는 다양한 전문가들을 만날 수 있다. 건축가, 생명공학자, 과학자, 요리사 등 그들이 만든 책을 통해 살아가는데 직접적으로 필요한 정보를 얻을 수 있다.

둘째, 간접 경험을 할 수 있다.

세상에는 많은 취미활동이 존재한다. 스포츠 활동, 꽃 가꾸기, 나무공방 등 셀 수 없을 만큼 다양하다. 이러한 모든 것들을 직접 체험하기에는 시간과 비용이 많이 든다. 하지만 책은 우리에게 그 모든 것들을 간접적으로 체험하게 한다. 책에 집중하면 간접체험일망정 어느 새 그 분야의 전문가가 될 수도 있다.

셋째, 스스로 학습할 수 있는 힘이 생긴다.

우리는 학교에서 받아온 일방적 교육에 익숙해져 있다. 우리나라 교육여건 상 맞춤형 교육은 사실상 불가능하다. 그렇다면 대안은 없는가? 있다. 독서만이 일방적 교육으로는 얻을 수 없는 것들을 채울 수 있다. 업무의 부족한 부분이 있으면 적절한 책을 통해 배울 수 있다.

세상에는 독서를 통해 인생의 변화를 맞이한 사람이 많다. 유명한 기업인, 작가, 철학자, 시인, 교육가 등 많은 이들이 독서를 통해서 삶이 달라지고 풍요로워졌다고 고백한다. 독서를 통해서 느낄 수 있는 변화는 매우 다양하다. 지식을 쌓을 수도 있고, 마음을 치유 할 수도 있다. 모든 사람들이 추구하는 부의 원리에 관하여 배울 수 있다. 하지만 저자는 그 중 가장 큰 수확을 '생각의 변화' 라고 본다. 독서를 하는 동안 책이 가진 의도와 저자의 생각 사이에 '보이지 않는 선' 이 생기는 것 같았다. 저자는 이 선을 '축복의 선' 이라 표현하고 싶다. 왜냐하면 책을 읽으면서 우리는 남들과는 다른 생각을 해낼 수 있다. 이러한 생각은 우리가 더 나은 삶을 살 수 있도록 이끄는 원동력이 된다. 아직 독서를 하지 않고 있다면 오늘부터 당장 시작하기를 권한다.

02 : 내 안의 숨겨진 가치를 발견한다

그 사람의 잠재능력을 이끌어내라. 사람들이 그들의 가장 바람직한 모습이 될 수 있도록 도와라. 그리고 그들이 이미 가장 바람직한 모습이 된 것처럼 대하라. 현재의 모습 그대로 상대방을 대해주면 그 사람은 현 상태 그대로 남아있을 것이다. 하지만 상대방이 할 수 있는 잠재능력대로 그를 대해주면 그 사람은 결국 그것을 이뤄낼 것이다.

– 괴테 –

사람에게는 각자 자신만의 고유한 재능이 있다. 누군가는 운동에 타고난 재능이 있을 것이며, 누군가는 예술에 재능이 있을 것이다. 한 가지 분야에서 성공한 이들을 잘 살펴보면 공통점을 발견할 수 있다. '믿음'이다. 자신이 가진 잠재능력을 믿고 정진한 결과 남들보다 만족할 만한 삶을 살고 있다. 하지만 스스로 자신의 숨은 재능을 발견하기란 쉬운 일이 아니다. 발견한다고 해서 그 재능을 활용하기란 쉽지 않다. 저자도 직장생활을 하는 동안 생각만큼 성과가 나오지 않을 때면 많은 좌절을 경험하곤 했다. 하지만 우연히 읽은 한 권의 책을 통해 내면의 변화를 느낄 수 있었다. 우리가 보고 느끼는 세상은 모두 내면을 통해 표출된 세상이었다. 여러분들도 책을 통해서 내면의 가치를 발견하는 기회를 갖길 바란다.

퇴근 후 도서관에 들렀을 때였다. 특정한 책을 찾기보다는 제목을 보고 흥미를 끌만한 책을 대출했다. 책을 읽어나가면서 저자는 무언가 신기한 감정과 놀라움을 느꼈다. 에녹 탄이라는 사람이 지은 책 《마음과 실재》였다. 책은 우주와 관련된 내용으로 시작했다. 우주와 자신의 마음을 동일시하는 내용이었다. 처음에는 의아했다. 우주와 마음이 어떤 상관관계가 있는가 하고 말이다. 하지만 점점 그 책에 빠져들게 되었다. 읽으면 읽을수록 책을 끝까지 읽고 싶은 욕심이 생겼다. 심지어 책을 소장하고 싶다는 생각까지 들었다. 하지만 아쉽게도 책은 절판된 상태였다. 이리저리 알아보던 중 다행히 책의 일부가 개정판으로 출간된 것을 알고 바로 구입했다. 그 책을 통해 알게 된 중요한 사실이 있었으니, 그것은 나의 마음이었다. 내 마음 속의 생각이 외부세계를 결정짓는 것이었다. 처음에는 이해가 잘 되지 않았지만 책을 읽고 생각할수록 틀린 말이 아니라는 사실을 알 수 있었다.

우리가 매일 생활하고 잠을 자는 집, 매일 사용하는 자동차, 지하철, 버스 등은 모두 사람의 손에 의해서 탄생되었다. 이것들을 만들기 위해서는 일차적으로 마음속으로 구상해야 한다. 마음속에 만들고 싶은 마음과 욕망이 있어야 한다. 결국 세상의 모든 물질은 사람의 마음에서 탄생한 것이었다.

이를 토대로 평소에 긍정적인 생각을 해야 하는 이유에 대해 더욱 깊이 깨닫게 되었다. 긍정적인 생각은 긍정적인 에너지로 표현될 것이고, 부정적인 생각은 부정적인 에너지로 표현될 것이다.

이 책을 통해 내 마음속 생각의 가치에 대해 깨달을 수 있었다. 또한 모든 사람은 내면의 숨겨진 가치를 가지고 있을 것이고, 마음속에는 잠재능력이 있다는 것을 깨달을 수 있었다.

예를 들어, 우리는 종종 뉴스에서 말도 안 되는 뉴스거리를 접한다. 아파트에서 떨어진 사람을 맨손으로 잡아내는 능력, 지하철 선로에 쓰러진 노인을 구출하는 능력, 범죄자로부터 약자를 보호하는 능력 등이다. 책을 통해 이러한 내면의 가치를 느낀 후 나의 삶에도 변화가 나타났다.

첫째, 잠재의식의 힘을 믿게 되었다.

흔히 사람들이 말하는 믿음, 내면의식에 대해 들어보았을 것이다. 책을 읽기 전까지는 이러한 사실에 대해 전혀 알지 못했다. 책을 읽었다 하더라도 큰 관심이 없었을 것이다. 하지만 직장생활을 하고 사회생활을 하면서 나의 내면에도 변화가 생겼다. 회사생활로 오는 스트레스는 나도 모르는 사이 부정적인 감정을 가지게 했다. 이는 내 마음속 깊이 부정의 씨앗을 만들었을 것이다. 하지만 내면의 가치에 대한 책을 접하며, 이러한 감정도 점점 줄어드는 것을 느낄 수 있었다. 즉, 내 마음 깊은 곳에 자리 잡은 내면을 긍정적으로 바꾸지 않는 한, 외부로 표현되는 나의 에너지는 계속 부정적이었다. 책을 접한 이후 어떠한 상황이든 긍정적으로 생각하려고 노력했다.

둘째, 마음과 몸은 하나이다.

저자는 고교시절에 윤리과목을 공부하면서, '사람은 정신과 육체가 하나일 때 진정한 사람으로 거듭날 수 있다'는 대목을 접한 적이 있었다. 그 당시에는 시험을 위해 이 문장조차도 무작정 외우기만 했다. 그저 단순히 정신과 육체가 하나가 되어야 한다고 생각하면서……. 하지만 이 책을 읽으면서 비로소 그 문장의 본질적인 뜻을 이해할 수 있었다. 사람에게 있어서 마음과 몸은 하나이며, 어느 것하나 빠져서는 안 된다는 뜻이었다.

예를 들어보자. 신체 중 어느 한 곳이라도 아프면 우리는 괴롭다. 감기에 걸리는 등 우리 몸에 어느 한 곳이라도 이상이 생기면 우리는 통증을 느낀다. 육체만이 아니다. 정신적인 면도 중요하다. 스트레스를 과하게 받거나, 어떠한 사건에 대하여 과민하게 반응하고 신경을 계속 쓴다면 우울증에 걸리거나 신경쇠약에 걸려 하루하루 고통 속에 지내야 한다. 직장에서도 마찬가지다. 우리는 사무실에 앉아 업무를 하고 있지만 정신이 집에 가 있다면 업무는 집중되지 않을 것이다. 이러한 원리는 자기계발 할 때도 마찬가지다. 골프를 칠 때, 몸은 골프채를 들고 있지만 정신이 다른 곳에 가 있다면 볼은 맞지도 않고 스코어는 엉망이 될 것이다.

셋째, 생각은 그 무엇보다 중요하다.

책을 통해 생각은 정말 중요하다는 것을 깨달았다. 생각은 일종의 진동과 파장으로 전달된다. 우리가 하는 생각은 모두 우주로 전송된다고 한다. 그래서 우리는 긍정적인 생각과 생산적인 생각을 해야 한다. 긍정적이고 생산적인 생각을 해야만 긍정적이고 생산적인 결과를 받을 수 있기 때문이다. 상상해 보자. 긍정적인 생각의 진동을 할 때와 그렇지 않을 때의 차이를 말이다. 긍정적인 생각은 긍정적인 행동으로 이어질 것이고, 긍정적인 행동은 긍정적인 습관으로 이어질 것이다. 이러한 작은 것들이 모여 우리의 삶을 이루게 된다.

우리는 저마다 어려움을 가지고 살아간다. 이러한 어려움은 우리 내면의 의식까지 나쁘게 만든다. 이러한 좋지 않은 감정이 들 때 책을 읽어보자. 책은 여러분이 알지 못했던 자신의 잠재능력을 일깨워 준다. 여러분 마음속에는 이미 모든 것을 이룰 준비가 되어 있다. 마음을 바로잡고 긍정적으로 생각하자. 고요한 새벽 또는 인적이 드문 곳에서 잠시 눈을 감고 생각해 보자. 그리고 마음속에서 울리는 소리에 귀 기울여 보자. 자신만의 고유한 잠재능력이 살아 숨 쉬고 있음을 느낄 수 있을 것이다. 그렇게 되면 스스로 하고 싶은 것을 이뤄낼 수 있다. 오늘부터 책을 통해 여러분 마음속 가치를 일깨우길 바란다.

03 : 평범한 일상을 기회로 바꾸는 방법

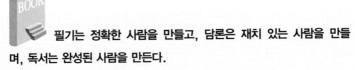

필기는 정확한 사람을 만들고, 담론은 재치 있는 사람을 만들며, 독서는 완성된 사람을 만든다.
– 골드스미스 –

직장인들의 퇴근 후 일상은 다양할 것이다. 가족과 함께 하는 사람, 취미생활을 하는 사람, 직장생활을 하면서 얻은 스트레스를 풀기 위해 술잔을 기울이는 가람 등등. 직장에서 쌓인 스트레스는 시원한 맥주 한 잔으로 단번에 날려버릴 수 있다. 하지만 대부분의 직장인은 안다. 그러한 시원함은 그 순간뿐이라는 것을 말이다. 그래서 이 글을 읽는 독자에게 권하고 싶은 것이 있다. 퇴근 후 단한 페이지만이라도 책을 읽으며 일상에 변화를 주기 시작하자.

저자는 직장 근처로 이사를 했다. 근처에 신축된 도서관이 있기 때문이다. 국립도서관 중에서는 국내에서 손꼽힐 만큼 시설도 좋고 청결하다. 직장인이 된 후 독서는 삶의 일부가 되었다. 끊이지 않는 업무, 사람 관계에서 오는 스트레스 등 나는 점점 직장생활로 지쳐가고 있었다. 또한 현재 다니고 있는 직장은 지방에 위치하여, 딱히 할 것이 마땅치 않다는 점도 내가 독서에 집중할 수 있게 된 동기가 중 하나였다.

독서를 시작한 후 일상에 변화가 찾아왔다. 퇴근 후에는 도서관으로 향했다. 도서관을 갈 때는 푸른 잔디밭을 지나가야 한다. 그곳을 지나갈 때면 기분이 좋아진다. 잔디밭을 볼 때면 푸른 초원을 연상한다. 산 너머로 지는 노을을 볼 때면 아름다움까지 느낄 수 있다. 또한 넓고 청결한 도서관에 들어서는 순간 기분이 좋아졌다. 직장인이 되어서는 주로 경제·경영 서적, 유명한 기업인의 책을 읽었다. 알리바바의 마윈 회장, 페이스북의 마크 저커버그 회장, SNOWFOX의 김승호 회장 등의 책이었다. 또한 아마존, 구글, 알리바바 등 세계에서 유명한 기업의 기업문화를 다룬 책도 읽었다. 그런 책들을 읽으면서 경영자들의 생각과 사고 등 직장에서는 배울 수 없는 많은 것들을 익힐 수 있었다. 그 중 몇 가지를 소개하면 다음과 같다.

첫째, 성공한 기업가들은 실패를 두려워하지 않았다.

책을 읽으면서 놀라웠던 점은 그들은 상상할 수 없는 부를 가졌음에도, 실패를 두려워하지 않는다는 것이었다. 오히려 빠른 실패가 빠른 성공으로 향한다고 말하는 사람도 있었다. 김승호 회장은 미국에서 첫 번째 매장을 인수받은 날 미국 지도를 놓고 점 300개를 찍었다고 한다. 한 개도 성공시키기 쉽지 않은데, 300개 이상이 되어야 살아남을 수 있겠다는 생각을 했다고 한다.

둘째, 포기하지 않는다.

그들도 사람이다. 지금까지의 자리에 오기까지 정말 많은 시행착오와 시련을 겪었다.

알리바바의 창업주인 마윈은 1982년 고등학교 졸업 후 대학입시에 3번이나 실패한 다음 진학을 일단 미루고 취업을 위해 노력했다. 30여 기업에 이력서를 지원했지만 모두 퇴짜를 맞았다. 그리고 운 좋게 항저우의 사범대학에 들어갔다. 그 이후로 하버드 대학교에 10번이나 지원했으나 실패했다. 이러한 과정을 거치면서도 포기하지 않고 지금의 알리바바라는 거대한 기업을 창업했다. SNOW FOX의 김승호 회장도 7번 실패 끝에 지금의 자리에 올랐다. 그는 언젠가는 큰돈을 벌게 될 것이라는 확신이 있었다. 그래서 실패를 거듭하면서도 포기하지 않았다.

셋째, 그들도 독서를 한다.

세계 최고의 기업인들도 독서를 중요시한다. 정규교육을 마치지 않고 독학으로 공부한 기업인들도 많다. 페이스북의 마크 저커버그,

애플의 고 스티브잡스, 마이크로소프트의 전 회장 빌게이츠 등 많은 기업인들은 학업 중 중퇴를 했음에도 누구보다 유명한 사람이 되었다. 그 비결 중 하나는 독서였다. 특히 빌게이츠는 생각주간을 만들어 1년에 1주일 정도는 독서만 하는 '생각주간' 을 갖는다고 한다.

저자는 독서를 통해 시간 관리의 중요성도 깨달았다. 성공한 사람들은 모두 시간 관리에 신중했다. 현대그룹의 창업주 고 정주영 회장, 삼성그룹의 창업주 고 이병철 회장, 스타벅스의 최고경영자 하워드 슐츠 등이 그러했다. 특히 정주영 회장의 생활습관은 나에게 많은 영감을 주었다. 이처럼 책은 자신도 모르게 동기부여를 준다.

또한 시간관리 관련 책을 접하며, 시간 관리하는 법에 대해서도 배울 수 있었다. 책을 통해 인상 깊었던 것은 '하루의 가치' 였다. 하루 24시간은 자칫하면 소홀히 보낼 수 있는 시간이다. '하루쯤은', '하루쯤이야' 라는 안일한 생각으로 허비할 수 있지만, 그 하루가 모여 인생 전체에 영향을 줄 수 있는 점을 알게 되었다.

책을 통해 '시간관리' 로 유명한 인물을 만났다. 미국의 정치인인 벤자민 프랭클린이었다. 그는 하루의 24시간을 체계적으로 분류하여 업무 9시간, 취침 7시간, 식사 및 여가 5시간을 투자했다. 그리고 남들과 다른 한 가지는 자기계발을 위해 3시간을 자신에게 투자했다는 점이었다. 그의 위인전을 읽고 곧 바로 실행에 옮겼다. 저자의 경우 일하는데 8시간, 잠자는데 6~7시간, 그리고 자기계발을 위해 4시간 정도 투자했다. 자기계발의 경우 출근 전 2시간, 퇴근 후 2시간을 투자했다. 대표적으로 독서, 필사, 운동 등이었다. 이렇게 책은 나의 일상을 바꾸는 동기를 주었다.

퇴근 후 도서관에서의 독서는 제2의 인생을 준비하게 해주었고, 아침에는 누구보다 일찍 하루를 준비하기 위해 노력했다. 그리고 무엇보다 책을 통해 스스로에 대한 믿음이 생겼다. 현실이 아무리 힘들고 어렵더라도 포기하지 않았다. 마음속 깊이 잠든 능력을 믿었다. 그리고 나의 믿음과 경험을 살려 두 번째 저서인 《새벽을 여는 인생이 삶을 바꾼다》를 출간 할 수 있었다.

사실 직장인에게 독서습관을 붙이는 것은 쉽지 않다. 아침에는 출근준비로 바쁘고, 회사에서는 업무로 바쁘다. 퇴근 후에는 몸과 정신이 피곤하여 마냥 쉬고 싶다. 하지만 하루에 1장만 책을 읽어보자. 핸드폰을 보는 시간을 아껴 10분만이라도 책을 읽어보자. 시작하라. 시작이 반이다. 일단 시작하자! 책 한 장을 넘기는 순간 반은 읽은 셈이다. 습관을 들이다 보면 어느새 책과 함께 하고 있는 자신을 볼 수 있을 것이다. 책을 통해 일상의 변화를 시작하면 여러분의 인생도 긍정적으로 변해간다.

04 : 생각에도 근육이 필요하다

당신은 결코 독서보다 더 좋은 방법을 찾을 수 없을 것이다. 우리의 인생을 가장 단기간에 위대하게 바꿔 줄 방법은 독서라 생각한다.

– 워런 버핏 –

저자도 위의 말에 동의한다. 워런 버핏은 하루의 시간 중 3분의 1을 독서로 보낸다고 한다. 그 만큼 독서를 중요시하는 인물 중 한 명이다. 독서량도 만만치 않다. 하루에 보통500페이지 이상을 읽는다고 한다.

직장인의 경우 하루의 3분의 1을 회사에서 보낸다. 직장 안에서 생활하다보면 자연스럽게 그 직군과 관련된 것만 생각하게 된다. 연차가 쌓일수록 관련 지식은 해박해 진다. 하지만 한편으로는 생각의 폭이 작아질 수 있다. 자칫 우물 안의 개구리가 될 수도 있다는 말이다. 독서는 이러한 단점을 보완하기에 적절하다. 독서를 통해 업무할 때 긍정적인 영향을 받을 수 있다. 문서를 읽을 때 남들보다 빠르게 핵심을 파악할 수 있다. 또한 독서는 생각의 폭을 넓고 깊게 만드는 데 도움이 된다. 독서를 통해서 지식을 얻고, 업무능력을 향상시킬 수 있다. 독서는 직장인이 업무를 처리할 때 많은 긍정적인 영향을 준다. 그 중 몇 가지를 소개하면 아래와 같다.

첫째, 핵심내용을 빠르게 파악할 수 있다.

저자는 행정업무를 한다. 각종 공문을 읽고 일을 추진해야 한다. 공문이 한 건이나 두 건 정도면 문제가 없지만, 문서가 많을 때는 중요한 것을 놓칠 수 있다. 그래서 공문을 보는 순간 핵심적인 내용을 빨리 해석하는 능력이 필요하다. 독서는 이러한 능력을 키우는 데 많은 도움이 되었다.

둘째, 업무에 필요한 내용을 습득할 수 있다.

도서관에는 업무와 관련된 도서들도 많다. 한글 문서 관련 도서, 액셀 관련 도서, 시간 관리도서 등 업무에 필요한 책이 매우 많다. 저자는 그 중 문서 작성과 보고서 작성에 필요한 책을 읽었다. 덕분에 지금은 문서를 기안해도 남들보다 빠르고 확실하게 작성할 수 있게 되었다.

셋째, 다른 분야의 지식을 습득할 수 있다.

도서관에는 다양한 책을 분류하기 위한 분류기호가 있다. 총류, 철학, 종교, 사회과학, 언어, 자연과학, 기술과학, 예술 등에 분류기호에 따라 진열되어 있다. 종교와 관련된 정보가 필요하다면 종교관련 분류기호를 찾으면 바로 책을 선택할 수 있다. 도서관에는 많은 정보가 넘쳐 난다. 인터넷의 발달로 우리는 손쉽게 정보를 찾을 수는 있지만, 단편적이어서 정확하고 유익한 정보를 얻는 데는 한계가 있다. 하지만 책에는 그 정보가 상세하게 기술되어 있다. 바로 그 점이 우리에게 독서가 필요한 중요한 이유이다.

직장생활을 하다보면 예기치 않았던 업무를 맡을 수도 있다. 어느 날 저자에게 러시아에 다녀오라는 업무가 주어졌다. 맡은 업무 중에는 의전(儀典) 업무가 있었다. 의전은 저자에게 한 번도 해보지 않았던 생소한 일이었다. 하지만 담당자가 개인적인 사유로 인해 출장을 갈 수 없었기에 그 일이 저자에게 주어진 것이었다. 당황했지만 어느 정도 시간이 있었기 때문에 차근차근 준비했다. 경험이 부족한 나로서는 별도의 준비가 필요했다. 초대받는 입장인지라 러시아 국가의 관련 기관에서 준비를 하겠지만, 상사를 모셔야 하는 이상 의전에 대한 기본적인 지식은 필요했다. 하지만 이왕 할 바에는 의전에 대해 전문적인 지식을 가지고 제대로 해보자는 생각이 들었다. 근처에 있는 스피치 학원에 찾아가서 문의했더니 의전 관련 과목은 없다고 했다. 결국 내 발걸음은 도서관을 향하고 있었다. 다행히 의전과 관련된 책이 있었다. 관련 서적을 모조리 대출했다. 그 중에는 전직 외교관으로 활동한 작가의 책도 있었다. 그 책에 의하면 의전은 생각보다 중요했다. 외교에 있어 의전은 그 나라의 얼굴만큼이나 중요했다. 특히 내가 주목한 내용은 상사와 같이 동행했을 때의 행동이었는데, 다행히도 그 책에는 차량에 동하거나 비행기에 탑승할 때, 엘리베이터에 동승 할 때와 함께 걸어갈 때, 식사 자리에 초대받았을 때의 절차 등이 자세히 설명되어 있었다. 그 책을 읽기 전에는 의전을 경직되고, 형식에 맞춰진 것이라고만 생각했다. 하지만 독서를 통해 의전에 대한 사고의 틀을 깰 수 있었다. 만약 그 책을 읽지 않았더라면, 의전에 관하여 무지한 채로 일했을 것이다. 책은 무지한 나를 생각하고 사고하는 사람으로 바꿔주었다. 만약 직장생활 중 의전과 관련된 내용이 필요하다면 관련도서를 찾아보길 권한다.

이런 과정을 통해 직장인에게 독서를 권하지 않을 수 없다. 독서를 통해 생각하는 방법도 알 수 있었기 때문이다. 책을 읽고 생각하고 사색할 때는 몇 가지 팁이 있으니 참고하기 바란다.

첫째, 인적이 드문 장소를 찾는다.

둘째, 한 가지 주제에 대하여 생각한다.

셋째, 떠오르는 생각에 대해 곰곰이 사색한다.

넷째, 떠오르는 생각과 함께 이유에 대해 자문한다.

저자가 고민 했던 '의전' 을 예로 들어보겠다. 처음 의전 업무를 맡았을 때 아래와 같은 질문을 스스로에게 했다.

'의전은 무엇인가?'

'의전은 왜 해야 하는가?'

사전적 의미로는 '행사를 치르는 의식' 이지만 의전은 그렇게 단순한 것이 아니었다. 하지만 책을 읽으면서 고민하고 생각하면서 나만의 결론을 내렸다. '의전은 그 나라의 얼굴이다.' 라고 말이다.

의전을 위해서는 시간, 비용, 인력이 투입된다. 그 만큼 고민도 많이 해야 하고 신경도 많이 써야 한다. 나름대로 의전에 대한 정의를 내린 후에는 의전이 얼마나 중요한 절차인가에 대해 깨닫게 되었다.

몸의 근육을 키우기 위해서는 운동을 한다. 가슴 근육을 키우기 위해 팔굽혀펴기, 역기를 든다. 등 근육을 키우기 위해 철봉운동을 한다. 팔 근육을 키우기 위해 아령을 든다. 몸만큼 머리에도 근육이 필요하다. 머릿속 근육을 키우기 위해서도 노력하자. 머리 근육을 키우는 가장 좋은 방법은 독서이다. 책 한 권을 통해서도 우리는 생각의 넓이와 깊이를 넓힐 수 있는 경험을 할 수 있으며, 남들과 다른 창의적인 생각으로 이어질 수 있다. 4차 산업혁명이 시작되는 이 시기에 머리 근육을 키우는 것은 필수라 생각한다.

05 : 출근보다 무서운 독서습관

습관이란 인간으로 하여금 어떤 일이든지 하게 만든다.

– 도스토예프스키 –

세상에는 많은 습관이 있다. 손가락을 물어뜯는 습관, 다리를 떠는 습관, 웃는 습관, 칭찬하는 습관, 남을 험담하는 습관 등 매우 다양하다. 이러한 습관 중에는 사람을 변화시키고 개선시키는 것과 그렇지 않은 것이 있다. 사람을 더욱 변화하고 개선시키는 습관 중에는 운동하는 습관, 일찍 자고 일찍 일어나는 습관, 남을 배려하는 습관, 어려운 사람을 도와주는 습관 등이 있다. 그 중 직장인에게 유익한 습관은 독서하는 습관이다.

직장인에게 독서할 수 있는 시간은 사실상 많지 않다. 직장인에게 독서할 수 있는 시간은 매우 한정적이다. 아침 출근 전, 퇴근 후, 출퇴근 길 그리고 주말이다. 하지만 아침에는 출근 준비로 바쁘다. 퇴근 후에는 피곤하다. 저자도 똑같은 생활을 했다. 매일 아침마다 출근 준비로 정신이 없었다. 퇴근 후에는 아무것도 하고 싶지 않았다. 그냥 쉬고 싶었다. 하지만 마음 한 편에서는 성장하고 싶다는 생각이 늘 자리 잡고 있었다. 현재의 상황을 변화시켜 미래에는 더 나은 나로 변하고 싶었다. 그러자 다음과 같은 생각이 떠올랐다. '나보다 먼저 살아 간 인생 선배들과 이미 사회적으로 성공한 사람들은 어떤 생각을 하고 있을까?' 라고 말이다.

그와 동시에 내게 필요한 책들을 찾기로 했다. 평일 퇴근 후에는 도서관에 들려 책을 빌리고, 때론 인터넷으로 책을 주문했다.

아침에도 일찍 일어나기 시작했다. 일어남과 동시에 독서를 시작했다. 처음에는 쉽지 않았다. 하지만 우연히 도서관에서 빌린 책이 내 마음을 빼앗았다. 새벽에도 그 책을 읽었다. 인간의 내면에 관련된 책이었다. 책을 읽으면서 부정적인 감정이 긍정적으로 바뀌는 것을 느꼈다. 신기한 일이었다.

새벽에 책을 읽고 출근 하는 기분은 이전과는 달랐다. 불확실한 나의 감정에 긍정적이고 좋은 감정이 들어서기 시작했다. 그동안 직장 생활을 시작하면서 나에 대한 확신이 점점 줄어들었던 적이 있었다. 나의 대한 믿음도 점점 작아졌다. 하지만 책을 통해서 나의 마음속에서 무엇인가 끓어오르는 것을 느낄 수 있었다. 괴롭기만 했던 출근길 마음이 한층 가벼워졌다. 출근 전 독서에는 다음과 같은 좋은 점이 있다.

첫째, 하루의 시작을 긍정적으로 할 수 있다.

이 글을 읽는 독자들에게 한 가지 물어보고 싶다. 주변에 여러분이 우주에서 가치 있는 존재라고 말해주는 사람이 있는지 말이다. 단언컨대 많지 않을 거라 생각한다. 나는 책을 통해 나에 대해 확신할 수 있었다. 부정적이고 괴로운 생각이 들더라도 바로 긍정적인 생각으로 대체할 수 있었다. 결국 생각이란 것도 나 자신과의 싸움이었다. 내 안에 긍정적인 것을 선택하느냐, 부정적인 것을 선택하느냐의 차이였다.

둘째, 아침시간을 생산적으로 보낼 수 있다.

독서를 시작하고부터 지루하고 분주하기만 했던 아침시간이 달라졌다. 독서하기 전에는 출근 준비로 바쁘기만 했다. 독서를 시작하고 나서는 출근 준비는 최소한으로 짧고 굵게 끝내고, 단 한 줄이라도 책을 읽는 시간을 확보하려고 노력했다.

셋째, 책을 읽는 자체로 의미가 있다.

긴 설명이 필요하지 않다. 사실 직장생활을 하면서 무엇인가를 하겠다는 마음을 먹기 쉽지 않다. 마음을 먹었다고 해도 그것을 실천으로 옮기기란 정말 어렵다. 직장생활을 하고 있는 나로서는 많은 공감이 간다. 그래서 책을 읽는 그 자체만으로 의미가 크다. 저자가 아침에 독서를 시작할 때는 그냥 책만 읽었다. 하지만 책을 읽자 마음에 와 닿거나 감동적인 문장을 만나는 경우가 많이 생겼다. 이러한 문장을 놓치지 않기 위해 필사를 시작했다. 필사를 시작하는 것은 책만 읽을 때와는 또 다른 감정을 느낄 수 있다. 마치 물을 수건에 쏟으면 스며드는 것처럼 나의 마음이 노트에 부어지는 느낌이었다. 이렇게 아침에 필사를 하면 좋은 점은 다음과 같다.

첫째, 머릿속 정리

필사를 시작하기 전에는 온갖 생각이 난다. 출근 생각, 출근 후 업무 생각 등등으로 머리가 어지럽다. 하지만 필사를 하는 순간은 신기할 정도로 모든 잡념이 가라앉는다.

둘째, 집중력 상승

필사를 하는 순간만큼은 글과 펜이 하나 되는 순간을 느낄 수 있다. 그리고 책을 노트에 옮겨 적으면서 집중하게 된다. 그 감정은 일할 때 느끼는 것과는 다르다. 독서에만 그치지 말고 좋은 문장은 꼭 필사하는 것이 좋다.

셋째, 반복해서 읽기

독서를 할 때 한 번만 읽는다면 내용을 잊기 쉽다. 또 기억에는 한

계가 있다. 하지만 마음에 와 닿는 문장, 감동을 주는 문장 하나라도 노트에 적어 놓고, 반복해서 읽는다면 오랫동안 기억할 수 있다.

앞서 언급했듯이 세상에는 많은 습관이 있다. 나에게 유익한 습관이 있는가 하면 유익하지 않은 습관도 있다. 대체로 습관이란 자기가 좋아하기 때문에 생기는 것이다. 하지만 독서 습관만큼은 다르다. 좋아하든 싫어하든 습관을 들여야 한다. 특히 출근하기 전 독서는 꼭 습관을 들였으면 싶다.

출근 전에 아무리 바빠도 자신을 위해 책을 읽는 직장인이 있을 것이다. 그들은 결코 아침 독서를 멈추지 않을 것이다. 왜냐하면 아침에 하는 독서가 주는 매력에 푹 빠져 있기 때문이다. 그리고 그 매력으로 남들과 차별화함으로써 보다 멋진 삶을 준비하고 있을 것이다.

이제 이 책을 읽고 있는 여러분들의 차례이다. 부디 망설이지 말라. 우리는 모두 언젠가 반드시 퇴직을 해야 하는 사람들이다. 미리 퇴직 후의 삶을 준비해야 한다. 그 준비를 아침독서로 시작한다면 여러분의 미래는 틀림없이 밝을 것이다.

06 ┃ 직장인을 위한 최고의 자기계발

 모든 사람들이 세상을 바꾸겠다고 생각하지만 어느 누구도 자기 자신을 바꿀 생각은 하지 않는다.

― 레프 니콜라예비치 톨스토이 ―

많은 직장인들이 새해가 되면 무언가 다짐을 한다. '올해는 꼭 영어공부를 할 거야.', '올해는 꼭 다이어트에 성공할 거야.', '올해는 꼭 자격증을 취득할 거야.' 라고 말이다. 그러나 어쩌면 매년 새해마다 동일한 다짐만 반복하고 있을 수 있다. 시작한 분들 중에도 '작심삼일' 로 끝내는 경우도 많다. 다짐을 실천하기란 쉽지 않다. 하지만 용기를 내야 한다. 아직 기회는 있다. 오늘부터 다시 자기계발을 시작해야 한다. 다른 사람이 아닌 자신을 위해서 말이다.

저자는 의학과는 전혀 관련이 없는 사람이다. 하지만 책을 통해서 의학 관련 지식을 배우고 도움을 받은 경험이 있다. 목과 허리를 다쳐 고생한 적이 있었다. 몸이 좋지 않으니 매사에 불편했다. 나는 정확한 원인을 찾기 위해 예약을 하고 병원으로 갔다.

의사에게 몸 상황과 아픈 부위에 대해 설명한 다음 X-RAY 촬영을 했다. X-RAY상으론 특별한 사항은 보이지 않았다. 의사가 MRI 촬영을 나는 MRI촬영에 동의하고, 검사를 받았다. 그러나 MRI 촬영 결과 문제가 보이지 않았다. 안도의 한숨을 쉬었다. 어찌됐건 나의 몸에 큰 이상이 없음을 확인했으니 말이다. 이후 평소와 다름없는 일상생활을 했다. 하지만 여전히 몸 상태가 완벽하지 않다는 것을 느꼈다. 지속되는 통증을 없애기 위해 매일 고민했다. 병원에서 주사를 맞고 물리치료를 받아도 효과는 잠시 뿐이었다. 약을 먹어도 잠시 통증만 줄어드는 듯 하다가 다시 아프기 시작했다.

그렇게 여러 차례 병원을 오가면서도 찾지 못했던 통증의 원인을 도서관에서 찾을 수 있었다. 도서관에서 발견한 정선근의 『백년허리』에 허리통증으로 고통 받는 원인과 이유에 대한 설명이 자세하게 나와 있었던 것이다. 그 당시 엉덩이 부위 통증이 심했다. 통증이 심한 날은 걷는 것도 불편했다. 마치 안에서 날카로운 바늘로 찌르는 느낌이 들었다. 책 속에는 그 증상의 원인이 허리에 있다고 적혀 있었다. 허리 디스크에 대한 내용이었다. 독자들의 이해를 돕기 위해 책에 나온 디스크에 대한 내용을 간단히 설명하면 아래와 같다.

척추 디스크는 물렁뼈다. 가운데 말랑말랑한 젤리처럼 생긴 수핵과 이것을 단단히 싸고 있는 딱딱한 껍질인 섬유륜으로 구성된 충격 흡수 장치다. 찹쌀떡 같기도 하고 잼이 들어 있는 빵 같기도 하다. 찹쌀떡의 앙금 부분이 수핵이고 떡 부분이 섬유륜이라고 보면 된다. 구조 자체가 충격 흡수를 잘하도록 물방석처럼 오묘하게도 생겼다. 척추뼈는 디스크를 사이에 두고 있기 때문에 구부리고 비틀고 하는 움직임이 가능한 것이다.

찹쌀떡처럼 생긴 디스크의 아래위에 척추뼈가 붙는데 뼈와 디스크가 만나는 이 부분은 종판이라고 하여 물렁뼈와 뼈의 중간쯤 되는 성질을 가진다. 따라서 디스크는 크게 수핵, 섬유륜, 종판 세 가지로 구성되어 있다. 섬유륜은 딱딱한 껍질이 겹겹이 쌓여 있어 마치 자동차 타이어 같고, 종판은 물렁뼈의 탄성과 뼈의 강도를 가진 구조물이다. 수핵이라는 젤리를 100년은 품고 있도록 만들어진 최고의 충격 흡수 장치인 것이다. 이토록 훌륭한 구조물을 닦고 조이고 기름 쳐서 오래오래 잘 사용해야 하지 않겠는가?

또한 책에는 저자와 비슷한 통증의 사례가 나와 있었다. 통증이 허리에서 시작하여 엉덩이를 거쳐 다리까지 저리는 증상이었다. 저자의 경우 다리는 저리진 않았지만 엉덩이 부위의 통증이 심했다. 그당시에는 몰랐지만 결국에는 허리가 원인이었던 것이다. 책을 통해 허리의 중요성을 깨달았으니 그것은 다음과 같다.

첫째, 예방이 중요하다.

몸은 다치기 전과 아프기 전, 건강한 몸을 유지해야 한다. 그래서 항상 몸 건강을 유지할 수 있도록 준비해야 한다.

둘째, 허리 통증은 관리의 신호이다.

책을 읽는 독자들 중에 허리통증이 있다면 당장 자세를 점검해 보자. 그리고 혹시라도 허리에 좋지 않은 동작을 하고 있는지 확인해 보라. 또 그 통증은 관리를 잘하라고 몸이 보내는 신호이니 의사와 상담하는 것이 좋다.

셋째, S자 모양이 중요하다.

정선근 교수의 『백년허리』에는 S자 모양에 대하여 다음과 같이 나온다.

척추는 우리 몸 중앙에 위치하고 몸무게를 지탱하며 중요한 중추신경인 척수를 보호한다. 척추는 경추, 흉추, 요추 및 천-미추의 네 가지 구획으로 나뉘는데, 몸의 측면에서 보면 경추 부위, 흉추 부위, 요추 부위가 S자 모양을 반복하며 자연스럽게 자리하고 있다. 특히 요추 부위가 배 쪽으로 휘어져 있는데, 이것을 요추 전만이라고 한다. 이러한 정상적인 자연 곡선을 유지하는 것은 척추 건강을 지키는 데 무척이나 중요하다.(…)

밝고 풍요로운 미래를 위해서는 끊임없이 자신을 계발하고 성장시키기 위한 노력을 해야 한다. 그러나 아직도 자기계발을 시작하지 않았거나 무엇을 해야 할지 고민을 하고 있다면 책 한 권으로 시작하라. 책은 여러분의 미래를 더 나은 환경으로 이끌 것이다.

『시골의사의 부자경제학』의 저자 박경철 작가는 본디 의사였다. 하지만 지금은 강연과 작가로서 유명세를 떨치고 있다. 그 계기는 대학교 시절 시험이 끝난 후 우연히 들른 서점에서 구입한 책 한 권이었다. 그는 그 때 책을 만나지 않았다면 지금의 삶은 없었을 것이라고 토로했다.

07 : 마음의 상처는 치유할 수 있다

약으로 병을 고치듯이, 독서로 마음을 다스린다.
- 카이사르 -

　　　　　　세상을 살다보면 많은 어려움을 겪는다. 학교
에서는 선생님, 친구, 선배, 후배 등 사람과의 관계에서 어려움을 겪
을 수 있다. 자영업자는 손님, 직원, 협력업체와의 관계에서 어려움
을 겪는다. 까다로운 손님이 방문하거나 직원관리에서 어려움을 겪
는다. 직장인은 업무로 인한 어려움, 직장 동료와의 관계에서 오는
어려움, 직장 상사에게 겪는 어려움 등이 있다. 문제는 이러한 어려
움을 겪을 때 해결할 수 있는 방법은 제한적이라는 점이다.

　술로 풀거나 마음에 들지 않는 사람을 험담할 수도 있다. 때로는
친한 사람들과 대화를 통해 해결할 수 있다. 하지만 이마저도 어려
운 경우가 종종 있다. 그래서 직장인의 삶은 고달프고 힘들다. 직장
인에게 독서는 중요하다. 독서는 우리의 고단한 마음을 풀 수 있는

약과 같은 존재이다. 몸이 아프면 의사를 찾듯이, 책을 통해서 갈등을 해결할 수 있는 실마리를 찾을 수 있다.

저자도 직장 생활을 하면서 여러 어려움을 겪었다. 업무적인 것과 사람과의 관계에서 오는 것들이었다. 일하기 싫은 기간이 있었다. 그 당시에는 출근하기가 싫은 것은 물론 일하기도 싫었다. 단순한 업무조차 손에 잡히지 않았다. 문서를 접수 하고 읽는 것조차 버거워 10분이면 끝낼 업무를 반나절 동안 미뤘던 경험도 있다. 사람과의 관계에서 오는 스트레스 또한 마음을 크게 짓눌렀다.

그 당시 나의 생각은 '퇴근을 하려면 몇 시간 남았을까?' '점심식사를 했으니, 오후시간만 지나면 퇴근이겠다.' 라는 것뿐이었다.

업무 집중이 되지 않아 인터넷 서핑을 하던 중이었다. 인터넷 서점에 접속하여 '직장인' 관련 검색을 했더니 눈에 띄는 제목의 책 한 권을 발견할 수 있었다. 책의 표지는 심플하고 귀여웠으며, 제목은 나의 심정을 반영하는 듯 했다. 평소대로라면 서평과 리뷰를 꼼꼼히 확인한 다음, 한 번 더 고민하고 책을 구매했을 것이다. 하지만 나는 큰 고민 없이 책을 바로 구매했다. 직장내일의 《그냥 다니는 거지 뭐》라는 직장인의 애환과 고민을 잘 풀어놓은 책이었다. 그 책을 읽으면서 많은 부분에서 공감할 수 있었다. 직장 생활을 하는 동안은 누군가에게 쉽게 털어놓을 수 없는 것이 있다. 또한 털어 놓는다고 해도 풀리지 않는 경우가 있다. 그 당시 저자의 마음이 그러했다. 가족에게도 쉽게 털어 놓을 수 없었다. 가족이 직장인의 삶을 이해 못 하는 때도 있었다. 이러한 것이 마음속에 쌓여 답답한 경우가 종종 있었다. 하지만 책을 읽어내려 가면서 답답한 마음이 풀리기 시작했다. 이 책을 통해 저자가 겪고 있는 애환이 저자만의 문제가 아니라는 점을 알게 되었다. 다른 사람들도 나와 비슷한 문제와 애로사항을 가지고 있다는 사실을 깨닫자 나의 짐을 조금이나마 덜어낼 수 있었다.

그 책을 통해 깨달은 것은 아래와 같다.

첫째, 나의 주변 사람들 중 한 명이라 생각하자.

직장에서는 나이가 많거나 직급이 높은 사람과 일하게 된다. 우리의 정서와 문화의 특성상 그들과 일하는 것에는 어려움이 따른다. 직장생활을 오래 하다 보면 그들도 결국엔 나와 같은 어려움을 겪은 사람 중 한 명이라는 것을 깨달을 수 있다. 그들은 내 주변에 있는 아저씨나 아줌마, 형, 누나라고 여기면 마음속이 한결 가벼워 질 것이다.

둘째, 스스로 만든 심리적 부담을 내려놓자.

'자리가 사람을 만든다.'는 말이 있다. 사람은 위치에 따라 생각과 행동이 바뀐다. 그런데 위치가 올라가면 부담감도 증가한다. 마음이 무거우니 감정도 무겁고 예민해 진다. 그러한 감정과 예민함은 주변 사람에게 말하지 않아도 그대로 전달된다. 부담감을 내려놓는 연습을 하자. 부담감은 새로운 업무에 대한 두려움이거나 사람과의 관계에서 오는 것일 수 있다.

셋째, 때로는 '그냥' 이라는 한 단어가 힘이 된다.

우리는 많은 걱정과 고민 속에서 살고 있다. 걱정과 고민으로 출근이 싫을 때는 마음속으로 '그냥' 출근한다고 생각하자. 원하지 않은 일 앞에서도 '그냥 일단 하자' 라고 생각하자. 복잡한 머릿속이 단순하게 바뀔 것이다.

직장 생활 하는 동안 내가 어려울 때 힘이 되는 책을 접했다. 책을 읽으면서 마음에 와 닿는 문장을 대하면 무거웠던 마음이 가벼워지곤 했다. 마치 나의 마음을 알고 대변해 주는 것 같은 느낌마저 들었다. 힘을 주는 책은 개인마다 차이가 있을 것이다. 누군가는 자기계발 관련 서적이 될 수 있고, 다른 누군가는 한 편의 시를 통해서 힘을 낼 수 있다. 아직 자신에게 유익한 분야를 찾지 못했거나, 직장생활로 힘이 든다면 아래의 분야를 추천한다. 다만 개인적인 견해이니 참고만 해주길 바란다.

첫째, 자서전이다.

자서전은 개인의 역경을 극복해 나가는 스토리가 담겨 있다. 저자는 어린 시절을 힘들게 보냈다. 일찍이 부모님의 이혼으로 뭐든지 스스로 해내야 했는데, 그때마다 유명 기업인, 정치인, 운동선수 등의 자서전을 읽으면서 힘을 내곤 했다.

둘째, 의식과 관련된 책이다.

의식, 마음, 종교서적과 같이 인간의 내면을 다루는 책을 읽는다면 도움이 될 것이다.

셋째, 명언집이다.

명언 집은 이미 대중화 되어 있고, 그 효과도 입증되었다고 생각한다. 때론 따듯한 한 문장이 사람의 마음을 녹여준다.

'열 길 물속은 알아도, 한 길 사람 속은 모른다.' 는 옛말이 있다. 사람의 마음은 알기 어렵다는 의미이다. 사람의 마음은 순간순간 유동적이고 변화무쌍하기 때문이다. 내 마음 또한 그렇게 유동적이다. 특히 직장인의 경우에는 더 심할 수 있다. 이러한 유동적인 마음을 다 잡기 위해 독서는 꼭 필요하다. 독서는 내 마음속 어려움을 해결해 줄 뿐 아니라 지혜까지 선물한다.

08 : 지금 당장 미래를 준비하라

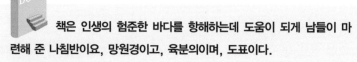

책은 인생의 험준한 바다를 항해하는데 도움이 되게 남들이 마련해 준 나침반이요, 망원경이고, 육분의이며, 도표이다.

– 제시 리 베넷 –

우리 모두는 미래에 대해 고민하고 생각한다. 중학생이 되면 고등학생이 될 자신을 상상한다. 고등학생이 되면 취업을 할지, 대학교로 입학 할지 고민한다. 대학생이 되어서는 미래의 취업문제로 고민하게 된다. 취업을 준비 중이라면, 취업이 된 이후의 자신을 상상하며 준비할 것이다. 하지만 취업 후에도 고민은 멈추지 않는다. 미래가 있기 때문이다. 취업을 하고서도 만족할 수 없는 경우가 많다. 만약에 직장이 만족스럽지 않다면 이직을 고민할 수 있다. 이처럼 고민은 끝이 없다. 누군가에게 고민을 털어놓기도 쉽지 않다. 고민을 해소하는 좋은 방법이 있다. 자신의 현재 상황을 겪었던 사람들에게 조언을 구하는 것이다. 하지만 그런 사람을 찾기란 어렵다. 그런 사람을 찾았다고 해도 친한 사이가 아닌 이상 조언을 구하기 어렵다. 하지만 책에서 얼마든지 그런 사람들을 찾을 수 있다. 직장인이 되어서도 책을 손에서 놓지 말아야 할 이유이다.

저자도 직장 생활 중에 많은 고민을 했다. 직장에서의 업무적인 문제, 사람과의 관계 등 불만족스러운 순간이 많았다. 그렇다고 해서 당장 회사를 그만둘 수는 없었다. 현실적인 생계, 타인의 시선, 자신에 대한 실망감 등이 다시 일으켜 세우곤 했다. 하지만 미래에 대한 나의 동경은 종종 나의 마음을 흔들었다. 스스로에게 질문했다.

'다른 직장으로 간다고 해서 과연 즐거울까?'

'이보다 더 좋은 직장으로 갈 수 있는 능력이 되는가?'

대답은 '글쎄' 였다. 스스로에게 확신할 수 없었다. 하지만 한 가지 사실을 깨달았으니,

회사를 떠나는 것은 시간의 문제이지 선택의 문제는 아니라는 것이었다.

이러한 생각이 들자 당장 미래 준비를 해야겠다고 생각했다. 당장 직장을 그만두지는 않지만, 언젠가 직장을 떠나야 할 때를 기준으로 준비하기로 마음먹었다. 곧바로 실천에 옮겼다. 정년까지 근무한다고 가정한다면 나이가 60세 정도가 된다. 그렇다면 그 때를 대비하여 노후 준비도 함께 해야 한다. 하지만 주위에서 저자처럼 퇴직 준

비를 하거나 노후 준비를 하는 사람을 찾아보기 어려웠다. 조언을 구할 사람이 없었던 것이다. 하지만 방법이 있었다. 언제나 그랬던 것처럼 도서관을 찾았다. 책 속에 답이 있을거라 생각했다.

그 생각은 적중했다. 도서관에는 퇴직 준비에 대한 책이 너무 많았다. 미래를 대비하는 한편 30대에 하면 후회하지 않을 것을 다룬 책도 같이 찾아 읽었다. 먼저 퇴직과 관련된 책을 읽었다. 책 속에는 공통적인 의견이 적혀 있었다. 그것은 아래와 같다.

첫째, 빠른 시간

시간은 우리를 기다려주지 않는다. 직장인이라고 봐주는 법이 없다. 시간은 지금도 흐르고, 내일도 흐른다. 게다가 연차가 쌓일수록 더욱 빠르게 흐른다. 시간은 우리에게 기다릴 틈을 주지 않는다.

둘째, 준비성

준비가 부족한 상태로 퇴직을 맞이해야 할 수도 있다. 그런데도 대부분 퇴직까지 시간이 많다고 생각하면서 살아간다. 퇴직의 순간이 다가와서야 미래를 준비하지 못한 것을 후회한다. 후회는 언제나 늦는 법이다. 잘 나갈 때라도 미래를 준비해야 한다.

셋째, 평생직장의 한계

평생직장이라는 개념이 사라진지 오래이다. 예전처럼 정년퇴임을 하는 사람들도 흔치않다. 나이가 들어감에 따라 연차가 오래됨에 따라 주변의 눈치를 봐야한다. 눈 깜짝할 새에 3년차, 5년차, 10년차가 되어 간다. 얼굴 주름과 흰 머리는 늘어난다. 평생직장이라 생각했던 회사는 점점 나와는 멀어지게 된다.

시간은 흐른다. 이것은 법칙이다. 직장인에게도 시간은 흐른다. 우리는 시간의 흐름에 대한 준비를 해야 한다. 직장이란 언젠가는 나가야 하는 곳이기 때문이다. 지금 당장 미래에 대한 철저한 준비를 해야 한다.

저자는 후회하지 않는 미래의 자신을 위해 현재 나이에서 중요한 것이 무엇인지를 책을 통해 알 수 있었다. 많은 책에서 공통적으로 추천하는 것이 있었다.

첫째, 공부
둘째, 독서
셋째, 운동이다.

책은 공부, 독서, 운동 3가지를 공통적으로 추천했다. 저자는 그대로 실천에 옮겼다. 저자는 현재 대학원에 진학하여 일과 공부를 병행하고 있다. 또한 퇴근 전과 퇴근 후 시간, 주말을 활용하여 틈틈이 독서를 하고 있다. 아침에는 운동으로 몸과 정신을 건강하게 만들기 위해 노력한다. 물론 개인시간을 미래 준비에 투자하자니 좀 바빠졌다. 하지만 밝은 미래를 생각하면서 그 시간을 값지게 보내려고 노력한다.

독자들 중에도 이미 미래를 준비하는 일을 실행하고 있는 직장인이 있을 것이다. 지금의 직장생활이 만족스럽지 않거나 미래를 준비하기 위해서일 것이다. 조직 문화 때문일 수 있고, 적은 급여 때문일 수 있고, 사람과의 관계 때문 일 수 있다. 그런 어려운 상황에서도 미래를 위해 준비하고 있는 분들을 마음속 깊이 격려한다.

판매하는 음식물에는 유통기한이 적혀 있다. 그 기한까지는 안심하고 먹을 수 있다. 하지만 기한이 지나면 그 음식을 먹을 수 없다. 직장인에게도 퇴직이라는 유통기한이 있다. 좋든 싫든 받아들여야 한다. 그래서 우리에게 미래를 준비하는 것은 선택이 아닌 필수이다. 당장은 아니더라도 기간이 문제일 뿐 언젠가는 떠나야 한다. 독자들 중에서도 미래를 생각하고 있는 분들이 많을 것이다. 미래를 어떻게 준비할 것인가에 대해 막연하고 두려울 수도 있다.

저자는 책을 출간하고 대학원을 다니며 나름대로 미래를 준비하고 있다. 이 모든 것들의 시작은 도서관에서 읽은 책 덕분이다. 여러분들도 오늘부터 독서를 하며 미래를 준비하길 바란다.

Chapter

03

—

직장은
인생 2막을 준비할
기회이다

CHAPTER_03

배 없이 해전에서
승리할 수 없는 것
이상으로 책 없이
사상전에서 이길 수는 없다.

[프랭클린 루즈벨트]

01 : 계획과 동시에 바로 실천하라

 아는 것은 어렵지 않다. 아는 것을 시의 적절하게 실천하는 것이 어렵다.

- 한비자 -

　　우리는 살아가면서 많은 계획을 세운다. 계획을 세우는 데 있어 나이, 성별, 직장은 상관이 없다. 현재 신분이 고등학생이라면 자신이 원하는 대학교를 가기 위한 계획을 세울 것이다. 결혼을 앞두고 있는 사람이라면 결혼식 날짜나 비용 등에 대해 고민하고 계획을 세울 것이다. 취업준비생이라면 자신이 가고 싶은 회사에 대해 분석하고 응시 계획을 세울 것이다. 이처럼 누구나 미래를 위해 훌륭한 계획을 가지고 있다. 하지만 만약 이 계획을 실천에 옮기지 못한다면 그 계획은 그저 종이조각에 불과하게 될 것이다. 책을 읽을 때도 마찬가지다. 독서에 대한 계획만 세우고 실천하지 않는다면 아무런 의미가 없다.

저자가 직장생활을 하면서 변화에 대한 필요성을 느낀 후 가장 먼저 선택한 것이 독서였다. 이유는 간단했다. 과거 군대시절에도 독서를 통해 어려움을 극복한 경험이 있었기 때문이다.

독서 계획을 세운 다음 바로 행동에 옮긴 것은 일단 도서관으로 가는 것이었다. 머리로만 생각하지 않고 발걸음을 도서관으로 옮겼다. 당시에는 어떤 식으로 책을 읽겠다는 계획보다는 무조건 읽겠다는 마음이었다.

도서관의 분위기는 고요했다. 회사의 분위기와는 달랐다. 회사에서는 전화 소리, 타이핑 소리 등 온전히 집중하기에는 어려운 점이 있었다. 하지만 도서관은 온전히 책과 나만이 존재하는 듯 했다. 도서관에 있는 것만으로도 기분이 좋아지고 평온해졌다. 이처럼 생각하고 계획한 것은 즉시 실천에 옮겨야 한다. 이유는 아래와 같다.

첫째, 실천이 계획보다 중요하다.

계획을 세우는 목적은 결국 행동에 있다. 책을 읽기 위한 계획을 세우는 것은 책을 실제로 읽기 위한 것에 있다. 당시 저자는 책을 읽겠다는 마음을 먹자마자 도서관을 찾았다. 그 결과 업무와 자기계발을 위한 책을 마음껏 읽을 수 있었다. 만약 책을 읽겠다는 계획만 세우고 바로 행동에 옮기지 않았다면 영원히 책을 가까이 하지 못했을 것이다.

둘째, 시간을 아낄 수 있다.

계획을 세우다 보면 많은 시행착오를 겪는다. 하지만 바로 실행에 옮기면 그 안에서 내게 필요한 것과 부족한 것을 바로 깨달을 수 있다.

셋째, 스트레스를 줄일 수 있다.

우리는 늘 직장일로 많은 스트레스를 받고 있다. 원인 중 핵심은 사람과의 관계에서 오는 문제일 것이다. 이럴 때 도서관을 가면 마음이 차분해 질 수 있다. 고요한 분위기 속에 책까지 읽는다면 우리의 마음은 한결 정화되며 스트레스를 줄일 수 있다.

저자가 책을 읽지 않을 때의 주말은 그저 집에서 쉬는 날이었다. 그냥 누워서 핸드폰을 만지거나 텔레비전을 시청하면서 시간을 낭비하곤 했다. 독서를 시작한 후로는 주말에 서점에 들르는 습관이 생겼다. 서점에 가면 다음과 같은 좋은 점이 있다.

첫째, 마음이 맑아진다.

저자가 자주 가는 서점은 백화점 내에 있다. 백화점에 있는 서점은 대부분 규모가 크고 항상 청결하다. 여름에는 시원하고 겨울에는 따뜻하다. 이러한 시설 덕분인지 서점에 들어갈 때는 기분이 맑아진다. 그리고 신간 코너에 있는 예쁜 표지를 보면 마음이 설렌다.

둘째, 책을 읽을 수 있다.

서점에는 정말 다양하고 많은 책이 있다. 소설, 수필, 시집, 자기계발서, 만화책, 동화책, 문제집 등 모든 종류의 도서가 구비되어 있다. 그 중 우리에게 필요한 책은 언제든지 읽을 수 있다. 꼭 구매하지 않더라도 말이다.

셋째, 시간을 생산적으로 보낼 수 있다.

서점의 최대 장점은 책을 읽으며 시간을 보낼 수 있다. 서점 안에는 책 외에도 음악을 들을 수 있는 코너와 각종 사무용품들이 깔끔하게 진열되어 있어서 구경하는 재미도 있다.

어느 주말이었다. 잠간 고향집에 들린 날이 있었다. 시간이 남아 서점에 갔다. 책을 구매할 생각은 없었지만, 서점을 나올 때 손에는 책이 들려있었다. 책을 구매하고도 읽지 않은 경우가 있었다. 그래서 책을 구매한 동시에 바로 읽기로 했다. 약 1시간 동안 구매한 책을 무작정 읽었다. 오히려 빠르고 집중하여 책을 읽을 수 있었다. 집중해서 읽다 보니 핵심 내용 위주로 빨리 읽는 경험을 했다. 서점에 가서 책을 구매하면 바로 읽어보길 추천하고 싶다.

우리는 누구나 훌륭한 계획을 가지고 있다. 1년 후의 계획, 3년 후의 계획, 5년 후의 계획, 퇴직 이후 계획 등등. 하지만 스스로에게 자문해 보자. 과연 나는 지금 얼마나 계획을 실천하고 있는지 말이다. 새해의 다짐이 계획으로만 끝난 것은 아닌지, 내일 시작하기로 했던 자격증 시험공부를 소홀히 하고 있는 것은 아닌지 말이다. 독서도 마찬가지이다. 독서를 시작하기로 마음먹었다면 지금 당장 시작하자! 지금 바로 도서관으로 향하자! 가서 제목만이라도 읽자! 도서관을 나올 때면 손에 책을 든 채 미래를 계획하고 실천하고 있는 자신을 발견할 수 있을 것이다.

02 : 하루 10분, 한 달이면 한 권의 책을 읽는다

 필기는 정확한 사람을 만들고, 담론은 재치 있는 사람을 만들며,
독서는 완성된 사람을 만든다.

– 프랜시스 베이컨 –

10분이라는 시간은 짧다면 짧을 수 있고, 길면
긴 시간이다. 학창시절 수업시간의 10분과 쉬는 시간의 10분은 차이
가 크다. 군대에서의 10분과 사회에서의 10분도 차이가 크다. 평소
의 10분과 나의 미래가 걸린 시험에서의 10분은 그 중요성에서 차이
가 크다. 이렇게 10분은 자신의 상황과 목적에 따라 그 중요성이 달
라진다.

10분의 중요성은 독서를 할 때도 마찬가지다. 짧은 시간으로 여길
수 있지만, 10분이 한 번 모이면 20분이 되고, 10분이 3번 모이면
30분이 된다. 하루에 3번만 10분을 잘 활용해도 30분이라는 독서시
간을 확보할 수 있다.

저자는 직장인이 된 이후 하루에 짧은 시간이지만 독서를 지속하기 위해 노력했다. 그 당시 독서를 위해 확보한 시간은 아래와 같다.

1) 출근 전
2) 출근 후 업무시작 전
3) 점심식사 후
4) 퇴근 후
5) 잠자기 전

위와 같이 책을 읽을 수 있는 시간대는 5가지 정도였다. 출근 전에는 아침 식사를 하거나, 식사를 마친 후 잠깐 읽었다. 출근 후에는 점심시간을 이용하여 조금씩 읽었다. 그리고 퇴근 후 도서관에 가거나 집에서 읽었다. 책을 더 읽고 싶을 때는 잠들기 전 조금씩 읽었다. 이렇게 짧은 시간을 활용하여 책을 읽다보니 요령이 생겼다.

첫째, 책 선정이 중요하다.

독서 시간이 짧다 보니 책 선정이 중요함을 깨달았다. 책을 읽을 시간이 많다면 문제가 없겠지만, 독서시간이 길지 않은 상황에서 두껍고 어려운 책을 읽는다면 쉽게 지칠 가능성이 크다. 그래서 책을 선정할 때는 목차를 보고 원고를 살펴본 후에 선정하는 것을 추천한다. 특히 목차는 꼭 확인해 본 후에 구매할 것을 권한다. 경험상 각 장 별로 내용이 순차적으로 적혀 있는 책을 추천한다.

점심시간을 활용하여 잠깐 책을 읽은 적이 있다. 조셉 머피의 『잠재의식의 힘』이라는 책이었다. 총 20개의 목차로 구성되어 있었다. 각 장 별로 해당되는 내용을 설명했다. 점심식사 후에는 주로 쉬었는데 그 날 만큼은 읽겠다고 마음먹고 미루었던 책을 펼쳤다.

생각보다 집중이 잘 되었다. 그리고 책을 읽으면서 나의 의식도 바뀌고 긍정적인 마음을 갖게 되었다. 당시 인간의 내면과 잠재의식에 대한 궁금증을 가지고 있던 시기였으며, 잠재의식에 대해 알아보려고 구매한 책이었다. 전에는 구매만 하고 읽다 말고 방치해두곤 했는데, 우연히 책을 읽으며 점심시간에 대한 인식도 바뀌었다.

대부분의 회사는 점심시간이 1시간 정도이다. 식사를 빨리 하면 생각보다 쉴 수 있는 시간이 있다. 보통은 남는 시간을 쉬는 데 쓴다. 하지만 그 날 이후 저자는 점심식사 후 10분이라도 책을 읽기로 했다. 그렇게 시작한지 1달도 안 되어 한 권의 책을 다 읽었다. 짧은 시간이라 오히려 더 독서에 집중할 수 있었다. 짧은 시간이지만 10분의 효과는 컸다. 비록 짧은 시간이지만 저자가 얻은 효과는 컸다. 그 효과는 아래와 같다.

첫째, 집중력이다.

10분이라는 짧은 시간 내에 읽을 독서량을 계산해야 했다. 최대 1개 단락을 넘지 않는 선으로 정했다. 그리고 소주제에 부합하는 내용을 생각하며 읽으니 핵심적인 내용에 집중할 수 있었다.

둘째, 좋은 습관을 만들 수 있었다.

밥을 먹은 후에는 딱 10분만 읽자 라는 생각으로 책을 들었다. 쉬고 싶어도 참고 딱 10분만 읽었다. 이러한 행동을 반복하다보니 가끔은 10분을 넘겨 독서를 하게 된 날도 있었다. 이렇게 하루의 시간들이 모여 한 달 안에 한 권의 책을 읽을 수 있었다.

셋째, 지식이다.

책을 읽으면 당연히 얻게 되는 것이다. 하지만 짧은 시간동안 집중해서 읽은 지식은 조금 달랐다. 1장, 1단락 별로 목표를 설정하여 읽다 보니, 한 번에 한 권의 책을 다 읽는 것 보다 쉽게 이해되는 경험을 할 수 있었다.

독서습관만큼 중요한 것은 없다. 짧은 시간이지만 그 시간을 조금이라도 자신을 위해 투자하겠다는 생각이 독서습관으로 이어진다. 그냥 쉬거나 시간을 흘려보내도 아무렇지 않았다. 하지만, 하루 10

분이라는 독서습관이 굳어지자 오히려 아무것도 하지 않게 되면 마치 중요한 일을 빼먹은 것처럼 기분이 찜찜했다.

누구나 마음먹으면 하루 10분의 시간은 만들 수 있다. 아침 시간이 될 수 있고, 점심시간이 될 수 있으며, 저녁 시간이 될 수도 있다. 일하기도 바쁜데 쉬는 시간에도 책을 읽어야 하느냐고 반문할 수 있다. 저자도 한때 그런 생각을 했다. 저자도 누구보다 쉬고 싶은 마음이 컸다. 하지만 생각을 달리하면 10분은 20분이 되고, 20분이 30분이 되어 하나의 습관으로 자리 잡을 수 있다. 그 습관은 미래의 여러분을 더 크고 가치 있는 존재로 만들어 줄 것이다. 오늘부터 10분만 딱 한 페이지라도 책을 읽어보자.

03 : 틈새 시간을 적극적으로 활용하자

 시간을 지배할 줄 아는 사람은 인생을 지배할 줄 아는 사람이다.
- 에센 바흐 -

사람들은 물건을 살 때 가격을 꼼꼼히 비교하고 구매한다. 이왕 산다면 비용은 줄이고 효능은 좋은 것으로 사고 싶기 때문이다. 하지만 시간에 관해서는 너무 관대한 편이다. 직장인의 하루를 떠올려 보자. 아침에 일어나서 출근준비를 한다. 아침 식사를 하고 회사에 출근한다. 하지만 이러한 과정 속에는 우리가 생각지 못한 시간의 틈이 분명히 있다. 이불 속에서 뒤척이는 시간, 출근준비를 하면서 SNS를 하는 시간. 러시아워로 길 위에서 보내는 시간 등이다. 이러한 틈새시간을 이용하면 무언가 자신을 위해 변화시킬 수 있다. 그것은 배움이다. 틈새시간을 활용하여 독서로서 배움을 시작하는 것이다. 직장인에겐 생각보다 많은 틈새시간이 있다. 틈새 시간은 작지만 가치 있게 사용할 수 있다. 틈새 시간의 종류는 다양하다.

첫째 새벽시간이다.

아마 직장인에겐 힘든 시간일 수 있다. 잠이 많은 직장인에겐 일어나는 것 자체만으로 어려운 일이기 때문이다. 기상한다 해도 졸린 눈으로 독서에 집중하기 어려울 것이다. 하지만 하루 8시간을 일해야 하는 상황 속에 우리의 가치를 높일 수 있는 시간은 새벽이다.

둘째, 출퇴근 시간이다.

직장인에게 출근 전 시간은 전쟁터와 다름없을 정도로 바쁘다. 하지만 조금만 고민한다면 출근시간은 훌륭한 자기계발 시간으로 바뀔 수 있다. 잠들기 전에 출근복과 필요한 물건을 미리 챙겨놓자. 그리고 평소보다 10분만 일찍 나가보자. 평소 지옥철로 느껴졌던 지하철은 평온한 독서공간으로 바뀔 수 있다. 퇴근 시간도 마찬가지이다. 하루를 마무리한다는 생각으로 퇴근 길 카페나 공원에서 책을 읽을 수 있다.

셋째, 식사 시간 전후이다.

점심시간을 한 시간이라고 가정하자. 그 중 우리가 밥을 먹는 데는 보통 30분 걸린다. 그러면 1시간 중 30분이 남는다. 그 30분의 3분

1만 자신을 위해 투자해 보자. 독서가 가장 효과적이다. 10분이 3번이 되면 30분이다. 식사시간만 잘 활용해도 하루 3번 30분이라는 시간을 확보할 수 있다. 30분을 일주일 지속하면 210분이 된다. 3시간이 넘는 시간이다. 집중해서 읽는다면 책 한 권을 읽을 수 있는 시간이다.

저자가 총무팀에서 사업부서로 옮기면서 새로운 업무에 적응할 때였다. 무언가 약간 비효율적인 면들이 보였다. 당시 협력기관에게 보조금을 내려주는 업무를 맡고 있었는데, 부서별로 다른 문서양식을 사용하는 것이 보였다. 저자는 문서양식에 일원화에 대한 필요성을 느끼고, 일차적으로 현재 규정을 확인하고 이에 맞게끔 문서양식의 통일안을 마련했다. 그렇게 개선할 것은 개선하면서 적응이 끝나가는 시점이었다.

오전 업무를 마치고 점심시간이 되었다. 여느 때처럼 구내식당에서 팀원들과 식사를 했다. 식사를 마치고 원래 가던 통로로 가지 않고 다른 길로 향했다. 그 곳에는 문서고가 있었다. 그 전까지는 이러한 시설이 있는지 몰랐다. 큰 규모는 아니지만 책이 진열된 서가가 있었고, 몇몇 사람들이 공부를 하고 있었다. 서가를 지나던 중 책 한 권이 눈에 들어왔다. 책은 게리 켈러와 제이 파파산이 공동 저술한 《원씽(THE ONE THING)》이란 책이었다. 당시에는 이 책이 그렇게 유명한지 몰랐다. 다만 내가 생각한 철학과 책에서 말하고자 하는 내용이 일치했다. 목차를 읽어보니 단순함의 원리와 중요성에 대해 설명하고 있었다. 당시 업무 효율성에 대해서도 관심이 많았는데, 그 책을 통해 업무에 유용한 방법과 힌트를 얻을 수 있었다. 책을 통해 내가 얻게 된 힌트는 다음과 같다.

첫째, 덜어낸다.

우리의 에너지와 시간은 한정적이다. 자칫 너무 많은 것을 하려고 하면 오히려 독이 된다. 일하는 도중에 불필요한 것은 줄이는 게 더 효율적이다.

둘째, 우선순위를 정한다.

여러 가지 일을 동시에 하다 보면 혼란에 빠져서 하나도 제대로 끝내지 못하고 일만 늘리는 결과를 초래할 수 있다. 긴급도와 중요도에 따라 일을 구분하고 추진하는 능력이 필요하다.

셋째, 한 가지에 집중한다.

일이란 것은 한 가지씩 끝내야 한다. 자칫 '멀티태스킹'을 하는 사람들이 일을 잘하는 것처럼 보일 수 있다. 하지만 저자의 경험상 그런 사람들은 대체로 한 가지 일도 끝내지 못한 채 시간만 낭비한다.

일의 우선순위를 정해서 차례대로 일을 처리하면 한 가지에 집중하여 일을 끝낼 수 있으니 더욱 효과적이다.

시간은 누구에게나 공평하다. 시간 속에 틈새시간은 늘 존재한다. 그 틈새시간에 누군가는 운동을 하고, 누군가는 핸드폰을 만지며 시간을 보낼 수 있다. 틈새시간은 출퇴근길이 될 수도 있고, 식사 후 시간이 될 수도 있다. 하루하루 고달픈 직장인에게 틈새시간마저 자기계발로 활용하도록 권하는 것이 가혹하게 보일 수도 있다. 하지만 그 작은 시간들이 모여 큰 시간을 만든다. 그리고 그 작은 노력들이 모여 우리를 더 큰 사람으로 인도한다.

이 글을 읽는 독자들에게 일단 한 번이라도 틈새시간에 자신을 위해 한 장의 독서를 해볼 것을 권하고 싶다. 일단 한 페이지를 시작으로 책 한 권을 마스터하는 것을 목표로 해보자! 어쩌면 여러분의 인생을 바꿔 줄 틈새시장을 만날 수 있을 것이다.

04 : 나만의 성장 환경을 만드는 방법

 오늘의 나를 있게 한 것은 우리 마을 도서관이었다. 하버드 졸업
장보다 소중한 것이 독서하는 습관이다.
- 빌게이츠-

'맹모삼천지교(孟母三遷之敎)' 라는 성어가 있다.
맹자(孟子)의 어머니가 자식 교육을 위해 세 번이나 이사했다는 말
로, 교육에는 주위 환경이 중요하다는 가르침을 이르는 뜻이다. 그
렇게 환경은 우리 인생에서 매우 중요하다. 좋은 환경 속에서 자란
사람들이 성공할 확률이 높다. 우리나라에서 소위 명문대라 불리는
대학교에 입학한 학생들 중 74% 이상이 월 소득 900만 원 이상의
가정에서 자랐다고 한다. 좋은 환경에서 질 좋은 교육을 받고 자란
것이다.

독서 또한 환경이 중요하다. 책을 읽을 수 있는 좋은 환경을 조성
하면 이전보다 책과 더 가까워 질 수 있다. 저자가 책을 가까이 하기

위해 남들과 다르게 시도한 한 가지가 있다. 그것은 이사였다.

저자가 직장 근처로 이사를 온 이유가 있었다. 직장 인근에 도서관이 있기 때문이었다. 집 근처에 도서관이 있으면 자주 책을 볼 수 있을 것 같았다. 저자가 취업 전 공부를 하기 위해 도서관을 다녔던 적이 있다. 당시 집에서 도서관까지 가려면 버스를 갈아타야 하는 등 최소 1시간이 소요되었다. 1분 1초가 아쉬운 시절이었던 지라 그 시간이 너무 아까웠다. 그래서 비록 잠깐이었지만, 도서관 부근으로 이사한 적이 있었다. 그러면서 언젠가는 꼭 근처에 도서관이 있는 집을 마련해야겠다고 생각했다.

집 근처에 있는 도서관은 저자에게 많은 영향을 주었다. 퇴근 후 자유롭게 책을 읽을 수 있었으며, 자격증 취득 공부도 도서관에서 할 수 있었다.

도서관에서는 한 달에 2회 정도 유명 강연자를 초청하는 프로그램도 있다. 매주 금요일에 진행되는 강연은 많은 도움을 주었다. 강연을 통해 미래 산업에 대해 알 수 있었으며, 가족과의 소통 시에 중요한 요소가 무엇인지도 알 수 있었다.

독서를 위해 환경을 조성할 수 있는 방법은 많다. 몇 가지 소개하자면 아래와 같다.

첫째, 책이 있는 장소와 가까이 한다.

책을 접할 수 있는 곳은 도서관과 서점이다. 이 두 장소와 근접하여 살거나 일을 한다면 많은 장점이 있다. 저자는 이사를 할 때 늘 도서관 위치를 고려한다.

도서관이나 서점이 있다면, 퇴근길 동선을 확인하여 중간에 들릴 수 있도록 하면 된다. 그것도 여의치 않을 경우에는 집안에 작은 서가와 독서만을 위한 장소를 만들 것을 추천한다.

둘째, 책을 눈에 보이는 곳에 놓는다.

책을 눈에 보이는 곳에 놓는 것은 직장인에게 유용한 방법 중 하나이다.

먼저, 집안 곳곳에 책을 비치한다. 그리고 외출할 때 한 권의 책을 가지고 다니면서 핸드폰 한 번 보기 전에 책 한 페이지 읽는 다는 생각으로 책을 집는다. 그리고 대중교통을 탈 때마다 읽는다.

셋째, 책은 구매해서 읽을 것을 권한다.

특별한 경우가 아니라면 책은 구매해서 읽을 것을 권한다. 책을 구매하면 많은 장점이 있다. 먼저 내가 구매한 책은 평생 소장할 수 있다. 책과 관련한 정보가 필요한 경우 책을 언제든지 활용할 수 있다. 도서관에서 빌린 책으로 도움을 받게 되면, 언젠가는 그 책을 구매

하게 된다. 저자도 도서관에서 빌려봤던 책을 구매하여 읽은 적이
많다.

　저자의 경우 관심 있는 책이 생기면 대부분 구매한다. 주로 인터넷
서점을 이용하는데 한 권, 두 권 구매하다 보니 공간이 부족해졌다.
결국 불필요한 짐을 정리하여 공간을 확보하고 책장을 들여놓았다.
책장에 책을 정리하니 보기에도 좋고, 정리하기에도 편했다. 그리고
작지만 나만의 도서관이 생긴 것 같아 기분까지 좋았다.

　독서에 있어 장소는 문제가 되지 않을 수도 있다. 무엇보다 내가
책을 읽고자 하는 마음이 중요하다. 하지만 책을 읽을 수 있는 환경
은 무시하지 못한다. 무더운 여름 날 시원한 장소와 더운 장소와는
차이가 있다. 독서를 위한 환경도 개인마다 선호하는 스타일이 다를
것이다. 누군가는 음악이 흐르는 카페가 좋을 수 있고, 누군가는 조
용한 곳을 좋아할 수 있다. 오늘부터 어느 곳이 든 자신이 책을 읽을
수 있는 환경을 만들어 독서를 시작하길 바란다.

05 : 회사는 삶을 바꿀 터닝 포인트가 된다

 한 인간의 존재를 결정짓는 것은 그가 읽은 책과 그가 쓴 글이다.
－ 도스토옙스키 －

대부분의 직장인에게 업무시간은 즐거운 시간이 아닐 수 있다. 근무하는 시간만큼은 회사를 위해 일해야 한다. 반면 18시 이후의 삶은 우리가 선택할 수 있는 시간이다. 저녁식사 시간을 1시간이라 가정한다면, 우리는 최소 2시간 정도는 자신을 위해 투자할 수 있다. 하지만 퇴근 후의 시간마저도 자유롭게 사용하지 못할 때가 있다. 가정을 돌보거나 회식자리가 있는 경우이다. 이렇게 바쁜 시대에 살고 있는 직장인에게 개인시간이란 하늘의 별따기 만큼 어려울 수 있다. 그래서 직장인에게는 효율적인 자기계발이 필요하다. 그것은 '생각'이다. 우리는 깊은 생각과 미래를 통찰할 수 있는 '생각의 힘'이 필요하다. 생각이 바뀌면 우리의 행동이 바뀔 것이요, 행동이 바뀌면 우리의 습관과 삶도 바뀔 것이다. 이 모든 것의 시작은 독서에 있다.

저자는 어린 시절부터 성공에 대한 생각을 하면서 자라왔다. 성공을 위해서 어떻게 해야 하는지 끊임없이 고민했다. 성공과 관련된 글을 읽거나 소리가 들리면 발걸음을 옮기곤 했다. 직장인이 되어서도 마찬가지였다. 좋은 직장에 입사하여 매달 월급을 받고, 취업에 성공했다고 생각했지만, 본질적인 만족을 느끼기엔 한계가 있었다. 이러한 한계에 도전하고 싶은 생각이 내가 책을 펼친 이유이기도 했다.

저자는 무술을 좋아한다. 무술과 관련 있는 책을 읽다가 우연한 계기로 철학에 관심을 갖게 되었다. 책에는 인간의 정신적인 면을 중요하게 언급했다. 무술 관련 책이었는데, 오히려 육체적인 면보다 정신적인 면을 강조했다. 나는 어떤 내용인지 궁금해졌다. 왜냐하면 내가 읽은 무술관련 서적은 유명한 사람과 관련된 것이었기 때문이었다. 그에게 영향을 준 의식적인 내용과 철학적인 지식이 궁금했다. 바로 인터넷으로 그 책을 주문했다.

책의 저자는 제임스알렌으로서 전 세계를 아울러 수천만 명의 삶을 변화시키고, 현대 성공 철학자들에게 영향을 준 사람이었다. 현대 철학의 대가인 데일 카네기, 나폴레온 힐 등에게 영향을 준 인물이었다. 며칠 후 책이 도착하자 바로 책을 펼쳤다. 현대 성공한 철학자들이 어떤 이유로 이 책을 통해 영감을 받았는지 궁금했다.

큰 기대와는 달리 내용은 거창하지 않았다. 사실 우리 모두가 아는 사실이었다. 한 마디로 요약하자면, 콩 심은 데 콩 나고 팥 심은 데 팥 난다는 내용이었다.

책의 주요 내용은, 세상의 모든 것은 우리의 생각에서 시작한다는 것이다. 우리가 느끼는 행복과 불행도 우리의 생각에서 시작한다는 것이다. 우리가 행복한 생각을 해야 행복한 결과물을 만들 수 있고, 우리가 불행한 생각을 하면 불행한 결과가 초래한다는 것이었다.

하지만, 책을 통해 한 가지만은 가슴 깊이 깨달을 수 있었다. 우리가 추구해야 할 것은 진리와 진실이었다. 어느 누구도 진리와 진실 앞에서는 국가, 연령, 소득, 성별이란 개념은 큰 의미가 없다.

또한, 우리가 매일 하고 있는 '생각'은 정말 중요했다. 아마 지금 이 문장을 읽는 독자는 표면적인 문장으로만 이해될 수 있을 것이지만, 생각은 정말 중요하다. 잠재의식과 내면에 대한 책을 접하면서 생각에 대한 중요성을 인식하고 있었지만, 이 책을 계기로 그 중요성을 더욱 깊이 받아들이게 되었다.

우리가 독서를 할 때 정말 중요한 두 가지가 있다.

첫째, 책을 읽고 나면 반드시 사색해야 한다.

한 단어, 한 문장을 읽더라도 그 의미를 생각하고 사색해야 한다.

그리고 끊임없이 질문하며 스스로 답을 찾아야 한다. 그 속에서 여러분만의 가치와 철학이 자리하게 된다.

둘째, 구분해야 한다.

구분해야 한다는 의미는 책의 내용을 한 번쯤은 스스로 고민해야 한다는 내용이다. 아무리 좋은 책이라도 책의 내용을 그대로 받아들이기보다는 한 번 더 스스로 고민하고 생각해 봐야 한다는 것이다. 그 후에 받아들일 내용은 받아들이고, 그렇지 않은 내용은 배제해야 한다.

새벽 운동을 끝내고 아침밥을 먹기 위해 준비하고 있던 중 유독 한 권의 책이 눈에 띄었다. 이진수 작가의 《빅싱킹》이었다. 무심결에 책을 펼쳤더니 평소 고민하고 생각했던 내용의 부분이 나왔다. 아마 한번쯤은 들어봤을 만한 문장이다.

만물은 있는 듯 없으며 없는 듯 있고(공즉시색 색즉시공), 영원히 유전하며(윤회전), 생명이든 물질이든 존재하는 모든 것들은 서로 얽혀 있다(연기)고 본다. '나'는 태양과 대지와 다른 생명이 있음으로 해서 존재 하지만 한 순간도 고정되어있지 않으며, 있으면서도 없고 없으면서도 있다. 모든 만물은 서로 연결되어있어서 인류를 포함한 모든 생명은 종적으로는 전생에 이어 후생으로 이어지며 횡적으로는 자신 주위의 모든 것들과 인연을 맺는다.

저자 또한 평소에 위와 같은 생각을 종종했는데 이 글을 보고 의식이 더욱 확장되는 것을 느꼈다. 저자는 독서하고 사색하면서 생각의 틀이 점점 벗겨지기 시작했다. 새로 산 운동화도 시간이 지나면 점점 더러워지고 낡고 닳는다. 물건이나 사람이나 시간이 지남에 따라 변한다. 이러한 깨달음과 함께 세상과 사물을 바라보는 저자의 시선도 한층 확장되었다. 특히 자연을 바라볼 때면 신비로운 감동을 느낀다. 자연은 누가 시키지 않아도 봄이 되면 꽃이 피고 가을이 되면 낙엽을 떨어뜨린다.

이 글을 읽는 독장 입장에서는 '도대체 무슨 말인가' 라고 반문할 수 있을 것이다. 하지만, 여러분도 책을 읽고 사색을 통해 생각을 확장하다보면 무슨 말을 하려고 하는지 이해될 것이다.

저자는 독서와 사색을 통해 '생각하는 힘'을 키워낼 수 있었다. 이 생각하는 힘은 직장에서 하나의 업무를 처리할 때도, 장기적인 안목을 길러 주었으며, 삶을 살아가는 철학과 지혜를 갖게 해 주었다. 만약 책을 읽지 않고 사색하지 않았다면, 저자는 그저 평범한 직장인으로서 미래를 꿈꾸지 않은 채 살고만 있었을 것이다.

06 : 인생의 멘토를 만날 수 있는 방법

 좋은 책을 읽는 것은 과거 몇 세기의 가장 훌륭한 사람들과 이야기를 나누는 것과 같다.

– 데카르트 –

살아가면서 우리는 우리를 이끌어줄 나침반 같은 존재가 필요하다. 그런 존재를 우리는 '멘토'라고 한다. 인생에 멘토가 있다는 것은 삶의 나침반이 있다는 것과 같다. 멘토는 우리가 흔히 접할 수 있는 책 속에도 있다.

저자는 책을 통해서 많은 배움을 얻었다. 그 중 한 명이 현대그룹의 창업주 고 정주영 회장이다. 그는 대한민국 대표적인 1세대 기업인이다. 학력은 그에게 문제가 되지 않았다. 학력의 한계를 극복하여 누구보다 한국의 경제성장에 이바지한 인물이다. 그는 큰 기업을 이루고 많은 부를 가졌음에도 늘 청렴하고 검소한 삶을 살고자 노력했다. 그를 통해 내가 배운 것은 실행력, 끈기, 시간관리였다. 이러한 점은 내 인생에 지금까지도 영향을 주고 있다. 소개하면 아래와 같다.

첫째, 그는 치열한 고민 끝에 실행에 옮긴다.

정주영 회장을 아는 사람이라면 다 아는 일화가 있다. 그것은 조선소 건립을 위한 그의 행동력이다. 그는 모래밭 사진 한 장과 거북선이 그려져 있는 지폐를 보여 주며, 한국은 세계 최초로 철갑선인 거북선을 만든 나라임을 강조하여 기어이 차관을 얻어냈다. 경험도 부족하고 재정도 없는 상황에서도 그는 실행에 옮겼다. 그 일을 성사시키기 위해 그가 얼마나 고민하고 행동에 옮겼을지 우리는 알아야 한다.

둘째, 포기하지 않는 끈기이다.

현대경제연구원이 출간한 《정주영 경영을 말하다》에서 그는 시련과 실패에 대해 다음과 같이 말했다. '시련은 있어도 실패란 없다.'

가난한 농부의 아들로 태어났지만, 불굴의 도전 정신으로 지금의 현대그룹의 초석을 다졌다. 그는 '아도서비스'라는 자동차 수리공장을 시작으로 현대자동차공업사, 현대토건사 등 건설업으로 지금의 현대그룹을 탄생시켰다.

셋째, 시간 관리이다.

그는 무엇보다 시간을 중요시 한 인물이었다. 1분이라도 허투루 쓰는 것을 싫어했다. 새벽에 일찍 일어나 하루를 시작했다. 누구보다 일할 때 즐거움을 느끼고, 시간의 중요성에 대해 강조했다. 부하 직원에게 업무 지시를 할 때도 많은 시간을 주지 않았다. 짧은 시간을 주고 빨리 끝낼 수 있도록 방향을 설정했다. 해외 출장을 다녀올 때도 마찬가지다. 시차적응을 위해 시간을 보내지 않고 바로 현장에 가서 일을 했다.

저자는 정주영 회장의 책을 읽고 느낀 교훈을 실천에 옮기기 위해 다음과 같이 노력했다.

첫째, 하루의 시작을 새벽에 시작했다. 빠르면 새벽 5시,
　　　보통 6시에 시작했다.
둘째, 업무를 할 때 마감기간을 짧게 설정했다.
셋째, 솔선수범하기 위해 노력했다.

새벽에 일찍 일어나 독서를 하면서 하루의 계획을 세우고 생산적으로 보내는데 힘이 되었다. 또한 업무를 할 때에도 마감기간을 최대한 짧게 하여 집중적으로 일하기 위해 노력했다. 그 결과 업무를

함에 있어서 남들과 다르게 효율적으로 일하는 방법에 대해 깨달을 수 있었고, 퇴근 이후의 삶도 바라볼 수 있게 되었다. 이 모든 것의 시작은 한 권의 책에서 시작했다.

직장인의 삶에서 180도 삶을 바꾼 사례가 있다. 『부시파일럿』의 오현호 작가이다.

그는 수능 7등급의 평범한 학생이었다. 하지만 어느 순간 그렇게 계속되다가는 자신의 인생이 7등급이 될 것 같은 위기감을 느꼈다. 그래서 시작한 것이 '인간개조 프로젝트였다.' 자신의 삶을 바꾸기 위한 도전을 시작한 것이다. 그는 결심과 함께 바로 실천에 옮겼다.

도전의 시작은 해병대였다. 친형의 면회를 계기로 해병대에 지원했다. 그리고 그곳에서 자신의 적성과 잠재력을 발견했다. 남들의 장점을 카피하는 능력이었다. 그는 전국에서 모인 동료들의 장점을 취해 자신의 것으로 만들었다. 그가 군대에서 배운 것은 강인한 체력, 강인한 정신력 그리고 솔선수범이었다.

그리고 그의 도전은 계속 이어졌다. 스쿠버다이빙 강사 자격 취득, 사하라 마라톤 250KM 완주, 히말라야 텐트 피크 등정 그리고 삼성전자 중동 총괄 RPM이다.

그 다음이 중요했다. 그는 직장에서 미래의 자신을 생각하며, 새로운 도전을 꿈꾸기 시작한다. 누구나 부러워할 만한 직장이었지만 과감히 사표를 던진다. 그리고 항공기 조종사가 되기 위해 도전을 시작한다. 그는 1년간 시행착오를 겪으면서 거의 백수생활을 한 적도 있었다. 하지만 결국 미국 항공기조종학교에 입학하였고, 꿈에 그리던 미연방 항공청 사업용 조종사가 되었다. 그의 책을 읽으면서 잠들어 있는 도전정신이 다시 살아나는 느낌이었다. 그는 누구나 부러워하는 직장을 내려놓고 새로운 도전을 했다. 그의 나이 30대였다. 그가 얼마나 어려운 결정을 내리고, 도전했을지 생각한 책이었다.

세상에는 책을 통해 인생을 바꾼 사람이 많다. 빌 게이츠, 워런 버핏, 앨런 머스크 등 세계 유명한 기업인들도 책을 통해 답을 찾고, 인생의 지혜를 배웠다고 한다. 우리는 무엇인가를 결정하기 전 고민하고, 생각하는 과정이 필요하다. 그 과정 속에서 스스로에 대한 끊임없는 질문을 할 것이다. 하지만 결정을 쉽게 내리기는 어려운 일이다. 우리가 접할 수 있는 책 속에는 그와 관련된 경험자가 있다. 책을 통해 그들이 접한 성공과 실패를 배울 수 있다. 성공한 내용은 그대로 따라 하고, 실패한 내용에 대해서는 주의하면서 말이다. 책은 우리에게 훌륭한 '멘토' 역할을 할 것이다.

07 : 독서에 있어 장소는 문제가 되지 않는다

 책을 읽는 데에 어찌 장소를 가릴소냐?
- 퇴계 이황 -

　　　　　남녀노소를 막론하고 사람들은 하루에 많은 장소를 이동한다. 학생의 경우 등교하기 위해 집에서 학교로 이동한다. 그런데 대부분의 사람들은 이동 중에 습관처럼 핸드폰을 본다. 한번쯤은 우리가 이렇게 무심코 흘려보내는 이 시간에 대해 생각해볼 필요가 있다. 비록 잠깐의 시간이지만 무의미하게 보낼 수 있다. 가벼운 한 권의 책을 들고 다니자. 그리고 이동 중에 습관처럼 독서를 시작해 보자.

　독서를 위한 장소는 크게 3가지로 나눌 수 있다.

　첫째, 도서관이다.

도서관은 지역마다 한 개 쯤은 있다. 도서관에는 많은 책이 있다. 종류와 장르도 다양하다. 자신이 보고 싶은 책을 신청하면 언제든지 볼 수 있다. 공공장소이기 때문에 무료로 이용할 수 있다. 도서관 내부에는 카페, 영화감상을 할 수 있는 문화 시설도 있어 여가활동 하기에도 좋다. 주말에 가족 단위로 시간을 같이 보내기에도 좋다.

둘째, 서점이다.

저자가 책을 읽기 위해 많이 찾는 장소 중 하나이다. 서점에서 책을 읽으면 집중이 잘 된다. 사람이 많고 소음도 있지만 책을 읽는 데에 큰 불편함이 없다. 책을 읽다보면 시간 가는 줄 모를 정도로 집중이 잘 된다. 서점에는 문구류, 기타 생활용품도 판매한다. 대형 서점의 경우 백화점 안에 입점하는 경우가 많아서 데이트 장소로도 적격이다.

셋째, 집이다.

집에 대해서는 긴 설명이 필요하지 않다. 서점에서 구입하거나 도서관에서 빌린 책을 남의 눈치를 보지 않고 편하게 볼 수 있는 장점이 있다. 하지만 집에서는 집중력이 떨어지는 단점이 있다. 텔레비전, 핸드폰, 먹거리 등 독서를 방해하는 요소가 많기 때문이다.

회사 생활로 몸과 마음이 피곤했던 시절, 찌든 피로와 자존심 강한 저자의 성격이 인간관계에 영향을 주었다. 인간관계가 무너지니 출근하기 싫은 날도 있었다. 그대로 주저앉을 수는 없었다. 해결책을 찾아야 했다. 이러한 문제를 해결하기 위해 책을 잡았다. 평일에는 퇴근 후 집 또는 도서관에서 책을 읽었다. 주말에는 서점에 가서 마음에 끌리는 제목을 보고 그 자리에서 바로 책을 펼쳤다. 마음에 위안이 되는 책을 만나면 그 즉시 구입하였다. 그리고 집으로 돌아와 늦은 밤까지 읽었다. 그렇게 하여 마음을 진정시키고 생각을 전환할 수 있었다.

당시 불안했던 저자의 마음을 진정시킨 한 권의 책이 있었다. 일본 작가 하야마 아마리의 자전적 에세이 《스물아홉 생일, 1년 후 죽기로 결심했다》이다. 책은 1년 후 자신에게 스스로 시한부 인생을 선고하겠다는 내용으로 시작한다. 그리고 1년 후 자신이 원하는 곳에서 최고의 경험을 한다는 계획을 세운다. 작가는 자신의 목표를 위하여 파견사원, 누드모델 등 죽을힘을 다해 일한다. 그렇게 1년이라는 시간이 흐르고 작가는 자신이 원했던 장소인 라스베이거스에서 준비한 일을 끝낸다. 그리고 죽지 않았다. 1년 후 작가는 인생의 큰 깨달음을 얻고, 새로운 인생 2막을 시작한다.

저자는 하루 만에 이 책을 다 읽어버렸다. 그 만큼 그 시절 고달팠던 저자의 마음을 대변해 주는 것 같은 느낌이 들었기 때문이다. 이 책을 계기로 회사생활에 변화가 찾아왔다. 책의 주인공처럼 미쳐보자는 각오로 일했다. 만약 그 시절 이 책을 만나지 못했다면, 지금과 매우 다른 결정을 했을 것이다.

책을 읽을 수 있는 장소는 위의 3가지 말고도 다양하다.

첫째, 카페이다.

카페는 개인적으로 추천하고 싶은 장소 중 하나이다. 잔잔한 음악과 함께 커피나 음료를 마시며 책을 읽으면 기분도 상쾌해지고 책을 읽는 재미도 더해진다. 집과 도서관에서 집중이 안 된다면 카페에서 책을 읽는 것도 나쁘지 않다.

둘째, 출장지이다.

직장 생활을 하다보면 출장갈 일이 빈번하다. 그 때 책 한권을 꼭 챙기는 습관을 만들자. 출장지에서도 틈새 시간은 존재한다. 다른 사람들이 핸드폰을 만지작거릴 때 책 한 장이라도 읽는 습관을 만들자.

셋째, 교육장소이다.

직장생활을 하다 보면 1박에서 2박 이상의 교육을 받는 경우가 있다. 이때에도 책을 준비해서 손에서 놓지 말자. 하루에 1시간은 충분히 확보할 수 있다. 식사 전후 남는 시간만 활용해도 충분하다.

넷째, 자동차 안이다.

자동차에 책 한 권쯤은 놓아두자. 잠깐 정차하거나 주차를 하고 있을 때 핸드폰 대신 책 보는 습관을 기르자.

다섯째, 대중교통을 이용할 때이다.

지하철이나 버스 등 대중교통을 이용할 때 핸드폰 대신 책을 펼쳐보라. 금방 책에 몰입하는 자신을 발견할 것이다.

《1천권 독서법》의 전안나 작가는 워킹 맘이다. 그녀는 독서를 위해 하루 3시간 계획을 세웠다. 그리고 이 계획을 실천하기 위해 다음과 같이 행동했다. 출근 준비 후 15분(집 거실), 출근길 20분(버스 안), 업무 시작 전 30분(회사 내 자리), 점심 식사 후45분(회사 내 자리), 퇴근길 20분(버스 안), 저녁 식사 후 1시간(집 거실), 아이 잠든 후 1시간(집 거실).

이제 여러분들의 차례이다. 여러분도 충분히 해낼 수 있다. 독서에 장소는 문제가 되지 않는다.

08 : 출근 전, 퇴근 후 2시간이 퇴직 후 삶을 결정한다

 배 없이 해전에서 승리할 수 없는 것 이상으로 책 없이 사상전에 서 이길 수는 없다.

– 프랭클린 루즈벨트 –

우리의 하루는 바쁘게 흘러간다. 특히 직장인의 경우 뒤를 돌아볼 틈이 없다. 아침에 잠에서 깨어 출근한 것이 바로 한 시간 전인 것 같은데 어느 새 점심시간에 가까워져 있다. 그리고 오후 근무시간이 지나면 금방 퇴근시간이 다가온다. 그렇게 정신 없이 하루를 보내고 나면 머릿속은 텅 빈 채 허무한 감정마저 느껴진다. 이러한 허무함을 해소하기 위해 술집을 찾는다. 한잔은 곧 2차로 이어진다. 그 사이 이성은 마비되고, 집에 들어오면 식구들의 핀잔을 듣거나 그대로 잠자리에 든다. 하지만 우리가 명심해야 할 것이 있다. 시간은 빠르게 흐르고 우리를 기다리지 않는다는 것이다. 이와 함께 사회도 빠르게 변해 간다. 우리에게 시간이라는 선물이 주어질 때 잘 활용해야 한다. 특히 출근 전 시간과 퇴근 후의 시간이 그러하다. 출근 전 2시간과 퇴근 후 2시간의 시간을 자신을 위한 자기계발 시간으로 만들어보자.

출근 전 시간과 퇴근 후 시간은 직장인에게 아주 중요하다. 그 시간을 생산적으로 만든다면 우리의 미래는 지금과는 많이 다를 것이다.

저자는 새벽에 독서와 운동을 병행했다. 운동을 해보니 신체의 기운을 느낄 수 있고, 독서에도 집중이 잘 되었다. 출근 후에도 맑은 정신으로 업무에 집중할 수 있었다.

저자가 아침에 일찍 일어나서 제일 먼저 하는 것은 물을 마시는 일이다. 물 한 잔은 잠도 깨고 몸에 활력을 불어 넣는다.그 다음 일단 몸을 움직이면 졸리고 피곤한 몸도 점점 풀리는 것을 느낄 수 있다.

아침 시간, 저자는 2시간 정도 나를 위해 투자한다. 1시간에서 1시간 30분은 자기계발, 30분에서 1시간은 식사 및 출근 준비를 한다. 이 글을 읽는 독자 분들도 시도할 것을 권한다. 각자 상황에 맞춰 시간을 활용할 수 있다. 아침시간을 활용하는 방법을 간단히 소개하자면 아래와 같다. 참고하길 바란다.

첫째, 두 시간을 반으로 나누어 사용한다.
저자가 계획한 방법으로, 1시간은 주로 출근 준비로 사용하고, 1시간은 자기계발로 사용하는 것이다. 예를 들어 1시간은 운동이나 독서를 하고, 나머지 1시간은 아침식사, 샤워, 출근준비를 한다.

둘째, 2시간을 온전히 자기계발만으로 사용한다.

2시간 동안 온전히 책을 읽거나 글을 쓰고 운동을 하며 온전히 나를 위한 시간으로 활용하는 것이다. 자신을 위해 무엇이든 집중해서 한다면 도전해볼만 하다.

셋째, 그 밖에 각자 상황에 맞춰서 사용한다.

저자와 같이 30분에서 1시간은 출근준비로 사용하고, 나머지 1시간에서 1시간 30분은 자기계발로 사용한다. 각자 출근 시간과 상황에 맞춰서 조절하면 된다.

출근 전 2시간은 생각보다 짧다. 길어 보일 수 있으나 막상 실천하다보면 금방 시간이 지나갈 것이다. 이 2시간으로 무엇을 할지 아직 고민 중이라면 다음의 것을 추천하고 싶다.

첫째, 독서는 단연코 1순위로 추천하고 싶다.

독서는 시간대비 매우 효과적이다. 최소의 시간을 들여 최대의 효과를 거둘 수 있다. 하루에 1시간씩 30일 간 경제 관련 서적을 읽어보자. 아마 다른 동료들에 비해 경제적인 상식과 수준이 크게 높아질 것이다. 이와 같이 매 달 한 권씩만 읽어도 1년이면 12권의 책을 읽을 수 있다.

둘째, 운동이다.

운동은 개인별 상황과 성향이 있기 때문에 함부로 추천하기는 쉽지 않다. 개인의 취향에 따라 선택하는 것이 좋다. 하지만 저자는 아침운동으로 흘린 땀을 씻고 출근하면 하지 않은 날보다 컨디션과 업무의 집중력도 상승한 경험이 있다. 집중력과 함께 자신감도 커진다.

셋째, 산책이다.

달리 표현하자면 걷기와 사색하기다. 산책을 하다보면 평소 고민하고 있던 문제들에 대한 답이 종종 떠오른다. 그리고 스스로 생각하는 힘을 기를 수 있다. 산책을 하고 사색을 하다보면 문득 지금까지 알지 못했던 스스로에 대한 놀라운 능력을 발견하게 될 것이다. 특히 다람쥐 쳇바퀴 도는 일상에 익숙한 직장인에게 사색을 통해 생각하는 능력은 필수적이다.

아침에 출근하여 일하다 보면 어느새 기분 좋은 점심시간이 찾아온다. 점심시간은 대개 1시간 내외이다. 식사 후 쉬다보면 어느 새 시간은 오후 1시가 된다. 어김없이 자리로 돌아가야 한다. 이렇게 오후 업무를 하다보면 드디어 하루의 끝을 알리는 퇴근시간이 다가온다. 야근이 있는 사람이라면 야근을 할 것이고, 그렇지 않은 경우라면 퇴근 준비를 할 것이다. 그토록 기다리던 퇴근시간이 왔음에도 그저 집에 가거나 동료들과 술자리를 갖는 사람들이 많다. 퇴근 후의 자유를 만끽하는 그 순간은 즐거울지 모르지만 또 다시 불편한 감정이 엄습한다. 왜냐하면 다음 날 다시 출근을 해야 하기 때문이다.

그래서 퇴근 후 시간이 중요하다. 우리는 퇴근 후 최소 2시간 정도의 시간을 확보할 수 있다. 저녁식사 1시간을 빼고 나면 우리에게는 적어도 1시간이 남는다. 이 1시간 동안 무엇을 할 것인지 고민해보자.

저자는 필사를 하거나 글을 쓰고, 영어공부를 한다. 필사와 글을 쓰는 동안 직장에서 복잡했던 머리가 정리된다. 그래서 필사와 글쓰기를 멈출 수 없다. 필사와 글쓰기가 끝나면 곧장 영어공부를 시작한다. 영어 관련 영상을 틀어놓고 따라한다. 먼저 듣고 그대로 따라하다 보면 시간은 어느 새 훌쩍 지나간다. 하지만 새벽시간과 저녁시간을 통해 한 단계 성장했다는 느낌이 들 때면 직장에서 느끼지 못한 뿌듯함과 보람을 느낄 수 있다.

여러분들도 하루 중 2시간에서 3시간 정도의 개인시간을 가질 수 있을 것이다. 독자들 중 몇몇은 그런 시간이 없다고 부정할 수도 있다. 하지만 여러분이 현재 보고 있는 컴퓨터, 핸드폰 사용시간을 계산해 보자. 족히 2시간은 넘길 것이다. 그 만큼 우리는 시간을 너무 쉽게 흘려보낸다.

많은 분들이 자신을 위한 시간을 가졌으면 좋겠다. 그것은 출근 전 2시간과 퇴근 후 2시간에 달려있다. 출근 전 시간과 퇴근 후 시간을 온전히 자기계발로 활용하자. 어떻게 그 시간을 활용해야 할지 모른다면 독서부터 시작하라. 정도의 차이는 있지만 하루 3~4시간이면 하루에 책 1권은 읽을 수 있다.

Chapter

04

직장인을 위한
미러클 독서법

CHAPTER_ **04**

남들보다
더 잘하려고 고민하지 마라
지금의 나보다 잘하려고
애쓰는 게
더 중요하다.

[윌리엄 포크너]

01 : 목적을 명확히 하면 독서가 쉬워진다

 작은 일도 목표를 세워라. 그러면 반드시 성공할 것이다.
- 로버트 H. 슐러 -

성공한 사람들에게는 한 가지 공통점이 있다. 그것은 목표의식이다. 그들은 작은 일을 하더라도 명확한 목표를 세우고 그 목표를 달성하기 위해 자신의 열정을 바친다. 올림픽에 출전한 운동선수가 금메달을 따기 위해 자신의 모든 역량을 쏟아붓는 것처럼 말이다.

미국의 농구 황제로 불리는 마이클 조던은 처음부터 잘하지 않았다. 그가 잘할 수 있었던 이유는 지독한 연습 덕분이었다. 그가 성공한 슛보다 실패한 슛이 더 많았다. 그는 9,000번의 슛을 실패했다고 한다. 하지만 그는 농구선수로서의 목표가 명확했다. 이러한 목표가 그를 이 시대 최고의 농구 황제로 만들었다. 독서에서도 마찬가지다. 특히 고된 직장생활을 하는 직장인에게 독서의 목표는 더욱 중요하다.

저자는 직장생활을 하면서 시간이 생길 때면 독서를 했다. 퇴근 후 도서관에 가서 책을 읽거나 책을 빌려와서 집에서 읽기도 했다. 독서를 하면 일할 때 느끼기 힘들었던 변화를 느낄 수 있었다. 머리가 맑아지거나 마음이 뿌듯한 경험이다. 책을 통해 새로운 사실을 깨닫게 되면 즐겁기까지 했다. 저자가 독서를 지속적으로 하게 된 배경에는 여러 가지가 있다. 그 중 몇 가지를 소개하면 다음과 같다.

첫째, 성장하고 싶었고, 성장할 수 있었다.

책 속에는 수많은 성공 스토리가 있었다. 그들처럼 성공하고 싶었다. 그들의 성공 과정을 읽으며 성공 비결을 알 수 있었는데, 그 중에 독서는 추천 1순위였다.

둘째, 많은 것을 배울 수 있었다.

책은 또 한 명의 스승이라는 말이 있다. 그 만큼 책 속에는 배울 수 있는 지식이 많다. 저자는 운동을 할 때 필요한 지식을 책을 통해 배웠다. 영양 관련 지식 등도 책으로 배웠다. 경제적인 지식이 부족할 때면 경제 관련 책을 통해 배울 수 있었다.

셋째, 미래설계

직장생활을 하면서 퇴직 이후의 삶에 대해 생각하기 시작했다. 언젠가는 퇴직해야 함을 깨달았다. 그래서 퇴직 이후의 삶을 남들보다 빠르게 준비할 수 있는 계기가 되었고, 현재 3권의 책을 출간, 운동 자격증 취득, 석사학위 과정에 있다.

이렇게 저자는 독서를 통해 많이 배우고 성장하게 되었다. 독서를 시작하기에 앞서 중요한 것은 목적을 세우는 일이다. 독서에 목적이 필요한 이유는 다음과 같다.

첫째, 동기부여가 된다.

무슨 일을 하든 그 일을 지속할 수 있는 힘이 필요하다. 그것은 동기 부여일 것이다. 직장생활도 오랜 기간 유지하기 위한 동기부여가 필요하다. 독서 또한 오랜 기간 지속하기 위해서는 강력한 동기부여가 필요하다.

둘째, 배움을 얻는다.

우리는 책 속에서 배움을 얻을 수 있다. 자수성가형 부자들 중 독서를 통해 학습하고 배운 사람은 많다. 대표적인 인물로 마이크로소프트 창업주 빌 게이츠, 주식투자의 귀재라 불리는 워런 버핏, 현대 그룹의 창업주 고 정주영 회장 등이다.

셋째, 자기성찰을 할 수 있다.

우리는 시간만 나면 핸드폰을 만진다. 스스로 생각하고 고민할 시간이 현저히 줄어들고 있다. 하지만 책을 읽으며 생각하고 고민하는 과정에서 '나' 에 대해 성찰할 수 있게 된다.

독서에 목적을 세울 때는 일련의 과정이 필요하다. 방법은 다음과 같다.

첫째, 독서에도 계획이 필요하다.

계획을 세울 때는 자신이 읽고 싶은 분야를 선정한다. 분야를 선정한 후에는 책의 권수와 기간을 선정한다. 1년에 50권을 읽겠다고 가정하자. 1년은 12개월이다. 그러면 1달에 4권 정도 읽을 수 있다.

둘째, 계획에 대한 세부적인 목표를 세운다.

한 달, 한 주, 일일 단위로 어떻게 읽을지에 대한 계획을 세우는 것이 좋다. 만약 1달에 4권의 책을 읽어야 한다면, 1주일에 1권을 읽어야 한다는 계산이 나온다. 1주일에 1권의 책을 읽으려면 하루에 최소 몇 페이지를 읽어야 하는지 계산이 나온다. 만약 300페이지의 책이라고 가정한다면, 하루에 43쪽 정도를 읽어야 한다. 그리고 자신의 독서 상태가 어떤지 알아야 한다. 43쪽 정도를 몇 시간 안에 읽을 수 있을지에 대한 자가 점검이 필요하다.

셋째, 목표를 세웠으니, 실제 독서를 시작한다.

각자 독서 능력과 상황이 다른 만큼 하루의 읽을 양을 읽는데 오랜 시간이 걸릴 수 있고, 빨리 읽는 사람이 있을 것이다. 그래서 실천단계가 가장 중요하다. 계획만 세우고 실천하지 않는다면 의미가 없다.

넷째, 시행착오를 겪는다.

모든 행동이 그렇듯 독서 과정 속에서 시행착오를 겪게 되어 있다. 책을 읽는 도중 힘들 수도 있고 목표를 이루지 못할 수도 있다. 이 과정에서 계획을 조금 조절하거나 수정할 수 있다. 시행착오는 정상적인 현상이니 짐짓 능력 밖이라 여기어 도중에 포기하지 말자.

넷째, 계획을 수정한다.

책을 읽으며 겪은 시행착오와 독서 기간 동안 부득이한 일로 계획에 차질이 생길 수 있다. 이런 경우 당초 세웠던 계획을 수정하여 상황에 맞게 추진하면 된다.

우리가 무엇을 하든지 그것에는 목적이 필요하다. 목적이 있으면 자신이 세운 꿈에 한 발 다가갈 수 있다. 자신의 미래를 생각하면 행복감을 느낄 수 있다. 목표를 세우고 그 목표를 달성하기 위해 달려간다면, 고통과 시련 속에서도 웃을 수 있는 힘이 생긴다. 독서에 있어서도 마찬가지이다. 독서를 위한 목적을 세우고 그 목표를 달성하기 위해 실행하면 어느 새 독서를 통해 변화된 자신을 만나고 있을 것이다.

02 : 기적의 독서를 위한 3가지 준비물(노트, 펜, 포스트잇)

 기회가 없음을 두려워하지 말고, 준비되어 있지 않음을 두려워
하라.

– 랠프 왈도 에머슨 –

우리는 무엇인가를 하기 전에 많은 준비를 한
다. 회사에 출근하기 위해 옷을 갈아입고, 가방을 챙긴다. 아침 식사
를 하기 전에도 밥과 반찬을 상에 놓고 수저를 챙겨 놓는다. 직장에
서도 일을 시작하기 전에 준비를 한다. 컴퓨터를 켜고 업무노트를
펼치며 업무에 필요한 사무용품을 확인한다. 퇴근할 때도 마찬가지
다. 업무를 마무리하기 전에 책상을 정리한다. 우리의 하루는 준비
로 시작해서 준비로 끝난다고 할 수 있다.

독서를 할 때도 마찬가지이다. 독서를 시작하기 전에 필요한 품목
을 준비한다면 독서의 질은 상승할 것이다. 준비할 물품은 다음과
같다.

첫째, 책이다.

책에도 여러 종류가 있다. 수험서, 교과서, 일반도서, 소설, 시, 잡지 중 자신이 좋아하거나 관심 있는 책을 골라 읽기 시작하자. 처음부터 너무 어려운 책을 읽는다면 시작도 하기 전에 독서에 대해 거부감이 들 수 있다. 자기계발서로 시작해도 좋다.

둘째, 메모지(노트)이다.

메모지나 노트는 독서 할 때에도 아주 유용하다. 책을 읽으면서 마음에 와 닿거나 중요한 문장이라 생각되는 것을 옮겨 적을 수 있다. 따로 독서노트를 만들어 책의 내용을 요약하거나 핵심내용을 정리하는 용도로 사용할 수 있다.

셋째, 필기구이다.

필기구는 독서를 할 때 반드시 있어야 하는 준비물이다. 필기구에도 많은 종류가 있다. 자신이 좋아하는 종류를 선택해서 사용하면 되지만, 경험상 책을 읽을 때 밑줄을 긋기에는 형광펜을 추천하고 싶다. 그 다음으로 추천하고 싶은 것은 볼펜이다. 볼펜 중에서도 2가지 이상의 색이 있는 볼펜을 추천한다.

넷째, 포스트잇 또는 포스트잇 플래그이다.

포스트잇 또는 포스트잇 플래그는 일상생활에서 유용하게 사용되고 있다. 특히 직장인에게는 없어서는 안 될 중요한 품목이다. 독서할 때도 효과적이다. 포스트잇 또는 포스트잇 플래그에도 다양한 종류가 있다. 네모, 원, 직사각형, 노란색, 형광색, 주황색 등이 있다. 이 중 독서할 때 유용한 것은 직사각형 모양의 포스트잇 플래그이다. 책을 읽으면서 중요한 문장이나 페이지에 붙여 놓는 용도로 쓰인다. 책을 반복해서 읽거나 다시 보고 싶은 부분의 페이지를 단번에 찾을 수 있게 해준다. 독서를 시작하기 전, 위의 3가지 품목을 준비해두면 마음이 든든해진다.

저자는 독서할 때 형광펜을 주로 사용하는 편이다. 형광펜 중 노란색을 선호 한다. 책을 읽으며 중요한 문장에 표시를 한다. 형광펜으로 문장에 밑줄을 그어 있을 때와 없을 때의 차이가 크다. 형광펜이 있는 문장의 페이지를 펼치게 되면 한눈에 알아볼 수 있다. 하지만 만약 그러한 표시 없이 책만 읽는 다면 책을 읽은 후에는 기억 속에서 사라질 염려가 크다. 형광펜으로 표시한 문장을 추후 다시 볼 때는 설레는 마음까지 느낄 수 있다.

저자는 노트를 펼쳐놓고 독서를 하는 편이다. 특히 새벽시간에 책을 읽을 때 자주 노트를 활용했다. 정신이 맑은 새벽시간대에 유독 마음에 와 닿는 문장들을 많이 볼 수 있었기 때문이다. 그럴 때마다 노트에 옮겨 적어놓고 후에 생각날 때마다 읽어보곤 했다. 위의 3가지 항목을 매번 준비하면 좋겠지만, 바쁜 직장인에게는 그렇지 못한 경우가 있을 것이다. 그럴 경우에는 아래와 같은 방법도 유용하다.

책을 읽으면서 마음에 드는 페이지 가장자리의 모서리 부분을 살짝 접어놓는다. 그리고 마음에 드는 문장에 볼펜으로 물결 표시의 밑줄을 긋거나 살짝 표시만 해놓자. 추후 여유가 있을 때 형광펜과 포스트잇으로 표시해 놓으면 된다. 표시를 해놓는 것이 하지 않는 것보다 훨씬 유익하다. 한번 읽은 책은 언젠가는 다시 보게 된다. 책을 읽으면서 갑자기 떠오르는 생각과 의문점도 책에 메모할 것을 추천한다. 시간이 흐른 후 책을 다시 읽을 때 엄청난 자료로 활용할 수 있다.

성공한 사람들에게는 공통점이 있다. 그것은 메모하는 습관과 준비성이다. 그들은 어떤 일을 추진하기 전에 꼼꼼히 기록한다. 날씨 상태, 사람 관계, 필요한 자재, 예산, 일정 등등. 이러한 기록을 토대로 현재를 살고 미래를 준비한다.

운동선수는 대회일정을 기준으로 훈련하고 컨디션 조절을 하면서 시합을 준비한다. 군대 조직은 나라를 지키기 위해 병사를 훈련시키고 장비를 점검한다. 기업가들도 치열한 경쟁 속에서 살아남기 위해 사람을 관리하고 예산을 관리하며 미래를 준비한다.

독서도 마찬가지다. 펜 하나, 포스트잇 하나, 노트 한 권이라고 가

녑게 생각할 수 있다. 하지만 이러한 준비를 통해 한 권, 두 권, 세 권 독서 경력이 쌓이다보면 준비 한 사람과 그렇지 않은 사람의 차이는 매우 커진다. 그 차이는 곧 자신의 가치와 직결될 수 있다. 왜냐하면 경험상 준비 없이 읽기만 한 책은 결국 읽지 않은 것과 다름없었다. 반면 한 줄이라도 쓰고 밑줄을 긋는다면, 한 권의 책에서 많은 것을 배웠다고 할 수 있다. 위의 3가지를 준비하여 효과적인 독서를 하길 바란다.

03 : 직장인을 위한 1일 독서습관

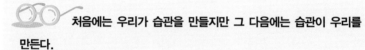 **처음에는 우리가 습관을 만들지만 그 다음에는 습관이 우리를 만든다.**

– 존 브라이든 –

좋은 습관이란 운동하는 습관, 공부하는 습관, 남의 긍정적인 면을 보는 습관, 배려하는 습관 등이다. 이 중 한 가지라도 평생 실천한다면 우리의 삶은 달라질 수 있다.

저자에게 오래 감동이 남아 있는 자기계발서가 있다. 스티븐 코비의 《성공한 사람들의 7가지 습관》이란 책이다. 책은 성공하는 사람이 되기 위한 조건으로 7가지를 설명한다.

첫째, 성공하려면 자신의 삶을 주도하라.

둘째, 성공하려면 끝을 생각하며 시작하라.

셋째, 성공하려면 소중한 것을 먼저 하라.

넷째, 성공하려면 승-승을 생각하라.

다섯째, 성공하려면 먼저 이해하고 다음에 이해시켜라.

여섯째, 성공하려면 시너지를 내라.

일곱째, 성공하려면 끊임없이 쇄신하라.

대부분 위의 7가지 중 한 가지쯤은 시도해봤을 것이다. 7가지를 모두 실행에 옮긴다면 누구보다 성공이란 문을 열 수 있을 것이다. 다만 한 가지 아쉬운 점이 있다. 저자는 일곱 가지에 한 가지를 더 추가하고 싶다. '여덟 째, 독서하는 습관을 가지라.' 라는 것이다. 성공한 사람들의 공통점 중 한 가지는 모두 책을 가까이 했다.

저자는 가끔 새로운 독서방법을 만들어 시도한다. 주말을 이용한 독서여행, 하루에 한 권 읽기 도전 등이다. 하루에 한 권 읽기에 도전한 날이었다. 독서 말고도 자기계발을 많이 하는 상황이라 독서만 하기에는 시간이 부족했다. 하지만 좋은 경험이었다. 하루에 한 권을 읽기위해서는 많은 노력이 필요했다. 제일 중요한 것은 독서가 일상의 우선순위가 되어야 한다는 점 그리고 책을 손에서 놓지 않는 습관이다. 이 두 가지만 잘 지켜도 누구나 하루에 한 권은 읽을 수 있다.

이 글을 읽는 독자들 중에는 하루에 책 한 권 읽기에는 시간이 부족하다는 생각을 할 수 있다. 물론 넉넉하지 않다. 저자 또한 처음에는 책 읽을 시간이 부족했다. 아침에 일어나면 출근 준비로 바쁘다. 책을 꺼내는 것조차 스트레스로 다가올 때도 있다. 출근 후 사무실에서 책을 펼친다는 것은 현실상 어렵다. 퇴근 후에는 에너지가 다 소비되어 그냥 쉬고 싶을 뿐이다. 저녁을 먹고 집에 있다 보면 핸드폰을 만지다가 잠든다.

하지만 이러한 어려움 속에서도 약간의 생각만 바꾸었더니 충분히 가능했다. 출근 시간을 조금만 당겨 10분만 일찍 나오면 러시아워 시간을 피할 수 있다. 그 시간을 활용하여 대중교통을 탔을 때 1장이라도 읽는 것이다. 그리고 사무실에 도착해서는 업무시작 전 30분 정도 독서를 한다. 점심시간에는 식사 시간 전후를 활용하여 20분 정도 독서를 한다. 그리고 퇴근 시간 사무실에서 나오기 전에 10분 정도 독서를 한다. 이렇게 조금만 시각을 바꿔도 하루 1시간 독서를 할 수 있다. 그리고 퇴근 후 집에 가면 최소 1시간은 독서할 수 있다. 이렇게 생각을 바꾸기만 하면 충분히 독서 시간을 만들 수 있다. 독서가 가능한 시간과 방법은 아래와 같다.

〈평일〉

첫째, 출근 전 시간이다. 아침에 조금만 일찍 일어나는 습관을 만들자. 일어나서 10분만 책을 읽고 출근하자. 10분이 어렵다면 1장이라도 읽자. 중요한 것은 매일 읽는 것이다. 읽다보면 자연스럽게 독서습관이 들 것이다.

둘째, 업무 시작 전 시간이다. 업무시작 시간보다 30분만 더 먼저 출근하여 책 읽을 시간을 만들자.

셋째, 점심시간 전후 시간이다. 점심시간은 보통 1시간이고, 식사시간은 30분 정도이다. 남은 30분을 활용하여 1장이라도 책을 읽자.

넷째, 사무실 나오기 전 시간이다. 사무실에서 나오기 전에 10분이라도 책을 읽고 퇴근하자.

다섯째, 퇴근 후 시간이다. 퇴근 후 집에 갈 때 대중교통 안에서 책을 읽자.

여섯째, 잠들기 전 시간이다. 잠들기 전 딱 10분이라도 책을 읽자.

〈그 외 시간〉
첫째, 주말시간이다.
주말은 집중해서 독서할 수 있는 최고의 시간이다. 적어도 3시간은 독서할 수 있는 만큼 하루 한 권 독서에 도전할 수 있다.

둘째, 공휴일이다.

공휴일도 주말과 비슷하다. 최소 3시간은 독서를 할 수 있다.

셋째, 휴가 기간이다.

휴가기간까지 독서를 하라고 권하기는 어렵지만, 독서의 매력에 빠지면 자동으로 하게 될 것이다.

넷째, 출장을 가거나 교육을 받으러 갈 때이다.

출장을 가거나 교육을 갔을 때 생각보다 틈새시간이 많다. 이 시간을 활용하여 책을 읽는 습관을 만들자.

저자는 주말이 되면 종종 서점에서 책을 다량 구매한다. 마음에 드는 책이 있으면 고민 없이 구매한다. 그리고 책을 쌓아 놓고 읽는다. 정독을 하기보다는 핵심 내용 위주로 빨리 읽는다. 그리고 다음 책으로 넘어간다. 이렇게 하루를 독서로만 보내는 것이 너무 지루하지 않느냐고 하는 분들도 있다. 하지만 독서를 끝내고 나면 다른 어떤 자기계발보다 유익하다는 보람된 감정을 느낄 수 있다.

독자 여러분들에게 묻고 싶다. 오늘 퇴근 후 무엇을 할 것인지 말이다. 직장 동료들과 맥주를 마실 것인지, 집에 가서 텔레비전을 볼 것인지 말이다. 이 책이 조금이나마 도움이 되었다면 오늘부터 독서를 시작하길 바란다. 오늘의 독서는 내일의 독서를 만들 것이고, 내일의 독서들이 모여 독서습관이란 큰 선물을 줄 수 있다. 독서습관은 여러분에게 평생의 지적 자산과 지혜를 준다. 퇴근 후 무엇을 할 것인지 선택은 여러분의 몫이다.

04 : 직장인에게 회사는 미래를 준비할 찬스이다

당신만이 전할 수 있는 이야기를 써라. 너보다 더 똑똑하고 우수한 작가들은 많다.

– 닐 게이먼 –

여러분의 하루는 무엇으로 시작하는가? 산책이나 명상을 하는 분들도 있을 것이며, 아무것도 하지 않는 분들도 있을 것이다. 기상 후 아무것도 하지 않는 분에게 글쓰기를 추천하고자 한다.

이른 아침부터 뜬금없이 무슨 글쓰기냐고 반문할 수 있다. 저자가 말하는 글쓰기란 복잡한 것이 아니다. 마음에 와 닿은 명언 한 문장 또는 오늘 할 일을 메모하는 것 또는 블로그에 아침에 느낀 단상을 짧게 남기는 것 같은 간단한 글쓰기이다.

저자는 새벽에 일어나 독서와 필사를 병행하고 있다. 조금 더 자고 싶지만 과감하게 자리에서 일어난다. 물 한 모금 마시고 의자에 앉아 잠시 정신을 가다듬는다. 그리고 책상 위에 책과 공책을 펼친다. 이때까지만 해도 아직 잠이 깨지 않아 비몽사몽 상태이다. 하지만 펜을 들고 단어 한 개, 문장 한 줄 적다보면, 잠에서 깨어나 필사에 집중하고 있는 나를 발견하게 된다.

필사를 할 때마다 느끼는 놀라운 효과가 있다. 머리가 맑아지고 마음이 차분해진다. 필사를 마치면 뿌듯함과 함께 행복감마저 느껴진다. 특히 하얀 종이위에 한 글자, 한 글자 쓰면서 그 날의 목표량을 다 쓸 생각을 하면 기대감마저 찾아온다. 많은 사람들이 필사를 시작하지만 중도에 포기하는 사례가 있다. 그래서 필사를 할 때 유용한 약간의 팁을 주고자 한다. 필사를 시작할 계획이라면 참고하길 바란다.

첫째, 좋은 펜은 좋은 필사를 만든다.

세상에는 두꺼운 펜, 얇은 펜, 검정색, 파란색 등 정말 많은 펜이 있다. 이 중에서 펜 끝 부분을 누르면 펜이 앞으로 나오는 형식의 펜이 필사하기에 좋다. '똑딱' 하는 소리가 나는 펜이다. 그리고 젤 형식의 펜과, 수성 펜 사용도 추천한다. 두께는 0.5~0.7mm가 적당하다. 위의 사항은 참고만 하길 바란다. 자신이 좋아하는 펜이 있다면 그것으로 사용해도 무방하다.

둘째, 질 좋은 노트를 준비하자.

문구점에는 유선노트, 무선노트, 편지지, 수첩, 다이어리 등 많은 종류의 노트를 판매한다. 이 중 필사할 때 좋은 것은 유선노트이다. 규격은 B5 크기 정도이거나 B5보다 약간 큰 노트가 적당하다.

종이 질이 좋으면 글씨가 더욱 잘 써진다. 글씨를 썼을 때 선명하게 표시된다. 반면 종이가 좋지 못할 경우, 잉크가 종이에 스며들어 번지는 수가 있다. 독자 중에는 필사하는데 무슨 노트의 질까지 고려할 필요가 있는지 반문할 수 있다. 하지만 필사를 진지하게 할 생각이라면 위의 예를 참고했으면 좋겠다. 저자의 경험상 좋은 종이는 필사의 질을 높인다. 자신이 좋아하는 노트가 있으면 그것을 사용해도 좋다.

셋째, 하루의 분량을 정하자.

필사를 매일 꾸준히 하기란 쉽지 않다. 그래서 무리하지 말고 하루의 분량을 정해서 하는 것이 좋다. 하루의 양을 정할 때는 다음 2가지 방법으로 할 수 있다.

1) 작은 소주제별로 하루에 한 주제씩 쓴다.
2) 하루의 페이지를 정하여 쓴다.

200페이지 정도의 책에 25개 소주제가 있다고 가정하자.

첫 번째 방법은, 하루에 1개 소주제씩 쓰는 것이다. 그러면 약 한 달 안에 한 권의 책을 기록할 수 있다.

두 번째 방법은, 200페이지의 마감일을 계산한다. 만약 20일 동안 필사를 한다고 계산했을 때 하루에 10페이지씩 필사를 하는 것이다. 달력이나 다이어리에 시작일과 종료시점을 적어놓자.

저자가 필사에 집중하고 있을 때였다. 이미 한 권을 끝내고 곧이어 다른 책을 필사하려고 했다. 비용도 아낄 겸 번들(Bundle)로 된 노트를 대량으로 구매했다. 하지만 필사를 시작하자마자 후회했다. 기존에 사용했던 종이의 질보다 좋지 않았기 때문이다. 종이가 좋지 않으니 필사를 하면서도 동기부여가 되지 않았다. 마치 진흙탕을 걷는 것처럼 필사가 더디고 힘겨웠다. 저렴한 가격에 혹해서 대량으로 구매했지만, 오히려 돈과 시간만 낭비한 꼴이 되었던 것이다.

또 한 번은 필사를 할 때 2가지 이상 들어있는 펜을 사용하면 좋을 거라 생각하고 필사를 시작했다. 처음에는 검정색, 파란색, 빨간색 번갈아 가며 그림에 색칠 하듯 글씨를 썼다. 제목과 본문, 중요한 부분과 그렇지 않은 부분을 표시할 수 있었다. 하지만 검정색을 많이 사용하다 보니, 검정색 잉크는 빨리 없어지고 다른 색들의 잉크는 남는 문제점이 발생했다. 그 후부터 필사를 할 때는 단색으로만 하고 있다.

저자는 직장인이 된 후 계속 일기를 쓰고 있다. 하루의 일과를 정리하고 독서를 하면서 감명 깊었던 문장이나 명언을 함께 적었다. 남에게 털어놓지 못할 생각이나 고민도 적어놓았다. 잠들기 전에 오늘의 일상과 고민, 책과 관련된 내용을 적다보면 불필요한 생각과 고민을 떨쳐버릴 수 있었다. 그리고 책 속에서 읽은 명언이나 감명 깊은 내용들을 적으면서 심적 안정과 정신적 여유를 가질 수 있었다. 지금 직장생활을 하고 있다면 꼭 시도해 보기 바란다. 독서일기를 쓰는 법은 간단하다.

첫째, 하루의 일과를 정리하듯 작성한다.
둘째, 책에서 감명 깊은 문장이나 명언을 함께 적는다.

요즘은 대부분의 일을 컴퓨터로 한다. 그 만큼 우리가 직접 글을 쓰는 일이 줄어들었다. 컴퓨터는 우리의 일상을 빠르고 편하게 만들었다. 일도 더욱 효율적이고 간편하게 한다. 하지만 좋은 게 있다면 나쁜 것도 있다. 동전의 양면처럼 말이다. 컴퓨터로 인해 생각하고 사고하는 능력이 점차 둔화되고 있다. 모르는 장소를 갈 때 네비게이션 이 없다면 길조차 찾지 못한다. 그래서 우리는 독서와 필사를 해야 한다. 누구보다 자신을 위해서 말이다. 하루에 한 문장이라도 좋다. 시도하는 것이 중요하다. 하루 한 줄이 한 장으로 늘어날 수 있고, 한 달에 한 권의 필사를 해낼 수도 있다.

오늘부터 필사를 통해 하루를 시작하고, 독서일기로 하루를 마무리 하는 시간을 가져보자. 지금까지 느껴보지 못한 마음의 안식과 정신적 자유를 맛 볼 것이다.

05 : 질문으로 생산적인 독서를 하자

 어제에서 배우고 오늘을 살며, 내일을 꿈꿔라. 중요한 건 질문을 멈추지 않는 것이다.

- 알버트 아인슈타인 -

모티머 J. 애들러와 찰즈 밴 도런이 공동으로 쓴 책 《독서의 기술》에는 적극적인 독서를 위한 네 가지 질문을 소개하고 있다.

첫째, 전체로서 무엇에 관한 책인가?
둘째, 무엇이 어떻게 상세히 서술되어 있는가?
셋째, 그 책은 전체로서 진실한가, 혹은 어떤 부분이 진실한가?
넷째, 그것에는 어떤 의의가 있는가?

책은 위의 네 가지 질문을 명심할 것을 주문하고 있다. 책을 읽으면서 질문하기를 잊어서는 안 된다고 설명한다. 읽으면서 질문하는 습관이 적극적인 독서라 말한다. 저자도 그 말에 동의한다. 질문을 통해서 우리는 적극적인 독서를 할 수 있다.

퇴근 후 도서관에서 책을 읽을 때였다. 그 당시 업무에서 오는 고단함과 타인과의 관계로 고민하고 있었다. 이러한 문제를 해결하기 위해 책을 펼쳤다. 유명 기업인, 자서전, 직장인 관련 책을 읽곤 했다. 읽는 동안 스스로에게 수많은 질문을 던졌다. 책의 저자는 어려움을 겪을 때 어떻게 해결하였는지, 책이 말하고자 하는 핵심 내용은 무엇인지, 이 책의 저자가 무엇을 말하고자 하는지, 책을 통해 어떤 문제해결 방안을 제시하는지에 대해 주목했다. 위와 같은 궁금증을 가지고 책을 읽었다. 궁금증 덕분인지 책을 읽을 때 집중할 수 있었다. 내가 궁금해 하는 내용을 탐구하듯 읽게 되었다. 책을 읽는 동안 질문에 비껴가는 내용들은 자연스럽게 넘어가는 현상도 체험했다.

다음은 저자가 독서할 때 주로 했던 질문이다.

첫째, 책이 의미하는 것은 무엇인가?
둘째, 저자가 전하고자 하는 메시지는 무엇인가?
셋째, 나의 상황에 적용시킬 수 있는 것인가?

넷째, 현실적인 내용인가?

다섯째, 주장에 대한 근거가 정확한가?

여섯째, 실천 가능한 것인가?

일곱째, 왜 그런가?, 무엇 때문인가? 등이다.

저자는 책을 읽을 때, 기본적으로 2가지 내용에 주목했다. 저자가 말하고자 하는 의미와 핵심 내용에 주목했다. 책을 읽으며 저자의 의도와 핵심내용을 찾아 읽어나갔다. 읽다 보면 두 가지에 해당하는 내용은 저절로 읽히는 경험을 한다. 그리고 빠르게 책을 읽어나간다. 의도적으로 빨리 읽으려 하지 않아도, 눈과 두뇌가 스스로 작동하는 듯 했다.

또한 책의 내용이 실천가능한지에 대해 스스로 물었다. 나의 상황과 책 속에 나온 상황은 다를 것이기 때문이다. 나와 상황이 다르거나 실천 가능하지 않다면 과감히 배제 했다. 안타깝지만 그것은 저자에게 효과가 없기 때문이다. 비현실적인 내용은 건너뛰었다. 사실에 근거하고 현재 내가 실천할 수 있는 내용에 주목했다.

특히 책을 통해 좋은 습관을 배울 수 있는 기회가 많았다. 유명 기업인의 경우 매일 새벽에 일어나 하루를 일찍 시작한다고 한다. 그리고 책에는 이러한 점에 대해 배울 것을 권하고 있다. 예를 들어, 책에서 새벽 4시 30분에 일어날 것을 권유한다고 가정하자. 그리고 유명기업인들이 새벽 4시30분경에 일어나 하루를 시작한다고 했을 때, 이것이 사실인지에 대한 확인 유무가 필요하다. 그리고 과연 위와 같은 생활이 실제 적용가능 한지도 스스로 질문을 던져봐야 한다.

왜냐하면 책 속의 인물과 현실에서 나의 상황에는 많은 차이가 있기 때문이다. 그리고 시시각각 변화하는 상황 속에서 책 속의 내용을 아무 의심 없이 따라 하는 것이 옳지만은 않기 때문이다.

다른 사람의 좋은 습관을 자신의 상황에 맞게 변형시켜 어떻게 적용시킬지에 대한 고민이 필요하다. 저자가 책을 읽고 새벽에 일찍 일어나야겠다는 결심했을 때이다. 세계적으로 유명한 기업인들이 새벽 5시 전에는 일어난다는 문장을 보고 바로 따라하려고 했다. 하지만 매일 겨우 출근하던 내가 그것을 하루만에 바꾸기란 쉽지 않았다. 그래서 시간을 조금씩 당기기로 했다. 7시, 6시 30분, 6시와 같은 방식으로 말이다. 물론 처음에는 쉽게 되지 않았다. 하지만 몇 번의 시행착오 끝에 알람이 없어도 일어나는 놀라운 경험을 했다.

책을 읽을 때는 꼭 펜을 가지고 다니자. 책을 읽으면 나도 모르는 사이 머릿속에서 떠오르는 질문과 궁금증이 생길 수 있다. 그러한 것들은 그 순간에 꼭 포착해야 한다. 그 즉시 적어두어야 한다. 그리고 책을 읽을 때에는 눈으로만 읽지 말 것을 권한다. 책을 읽을 때는 손과 펜을 사용하여 기억에 남는 독서를 해야 한다. 펜으로 밑줄을 긋고 동그라미를 치다보면 나도 모르는 사이 궁금증이 생길 것이다.

예를 들어, '시간 관리의 중요성'이라는 문장을 읽었다고 가정하자. 여기서 눈으로만 읽고 지나가면 표면적인 해석만 가능하다. 하지만 펜으로 '시간 관리의 중요성'에 밑줄을 긋고 동그라미를 치다보면, 나도 모르는 사이 궁금증이 생길 것이다. 시간 관리는 중요한가? 시간 관리는 왜 해야 하는가? 시간 관리로 유명한 사람은 누구인가? 등 말이다. 하나의 질문은 꼬리에 꼬리를 물게 된다. 《독서의 기술》에는 다음과 같은 내용이 나온다.

독서는 저자와 독자의 대화여야만 한다. 아마 저자는 그 문제에 대하여 독자보다 많은 것을 알고 있을 것이다. 그렇지 않다면 독자가 그 책을 일부러 읽거나 할 리가 없다. 그러나 이해한다는 작용은 일반통행이 아니다. 정말로 배우려면 자기 자신에게 질문을 던지고, 그리고나서 교사에게 질문을 하지 않으면 안 된다. 교사가 말하는 것을 알았으면 교사와의 사이에 논의를 일으키는 것도 사양하지 않을 정도가 되어야 한다(…).

세계적인 물리학자 아인슈타인은 질문에 대해 다음과 같이 말한다.

"올바른 질문을 찾고 나면 정답을 찾는 데는 5분도 걸리지 않을 것이다."

세계적으로 유명한 사람들에게는 공통점이 있다. 그것은 그들의 질문법이다. 록펠러, 앤서니 라빈스, 브라이언 트레이시, 조앤 K. 롤링은 질문법을 바꾼 후 삶이 바뀌었다고 한다. 그들은 하나같이 말한다. 성공하고 싶다면 성공적인 질문을 하고, 실패하고 싶다면 실패하는 질문을 하라고 말이다.

독서 또한 마찬가지이다. 생산적인 독서를 하고 싶다면 생산적인 질문을 하자!

06 : 5분 목차 읽기로 독서를 시작하라

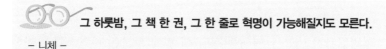
그 하룻밤, 그 책 한 권, 그 한 줄로 혁명이 가능해질지도 모른다.
- 니체 -

사람들은 각자 취향에 따라 책을 읽는다. 제목을 보고 구입하는 사람이 있는가하면, 책 내용까지 읽어보고 구입하는 사람이 있다. 책 제목만 보고 구입해도 좋다. 하지만 제목만으로는 책의 내용까지 알 수 없다. 자칫 구매 후 후회할 수 있다. 책의 내용을 다 보고 구입할 수는 없다. 하지만 목차를 보면 책의 내용을 충분히 짐작할 수 있다. 목차 정도는 반드시 읽고 책을 구입하면 후회하지 않는다. 목차는 매우 중요하다. 목차를 통해 책의 전반적인 내용을 이해할 수 있다. 목차의 중요성은 아래와 같다.

첫째, 책의 전체적인 내용을 한눈에 파악할 수 있다.

목차는 책의 뼈대이다. 목차만 봐도 책의 흐름을 알 수 있다. 그 흐름을 파악하면 책의 전체적인 내용을 추측할 수 있다.

둘째, 책의 핵심내용을 찾아볼 수 있다.

글은 대체로 서론-본론-결론으로 이루어진다. 이러한 일련의 흐름은 책의 목차를 통해서도 충분히 핵심내용 파악이 가능하다.

셋째, 효율적인 독서를 할 수 있다.

위의 2가지 내용을 이해했다면, 세 번째 부분은 자연스럽게 이해가 될 것이다. 즉 자신에게 필요한 내용을 숙지하는 방법이다. 또는 목차를 보며 책의 핵심내용을 먼저 읽는 것이다. 책의 핵심적인 내용을 이해하면, 결국 한 권의 책을 이해한 것과 마찬가지이다. 시간도 아끼고 책의 내용도 이해하는 일석이조의 효과를 누릴 수 있다.

저자가 처음 독서를 할 때는 표지부터, 프롤로그, 목차, 본문, 에필로그까지 다 읽었다. 하지만 목차의 중요성을 깨달은 후에는 방법을 바꾸었다. 서점에서 목차부터 확인했다. 그 다음에 전체적인 내용을 대충 훑어본 후에 책을 구입한다. 인터넷에서 도서를 구입할 때도 목차부터 본다. 주문한 책이 도착한 후에도 목차부터 본다. 목차를 보면서 이해가 되는 단락은 넘어갔다. 궁금증을 불러일으키거나 중요한 단락이 보이면 해당 페이지로 바로 넘어가서 읽곤 했다. 아마 책을 처음부터 끝까지 읽지 않는 독서가 의미가 있느냐고 반문하는 독자가 있을 수 있다. 하지만 경험상 그것도 하나의 독서 방법이다. 그것도 책을 처음부터 끝까지 다 읽는 것과 동일하다. 책을 처음부터 끝까지 읽었다고 해도 그 책 내용을 온전히 기억하기란 쉽지 않다. 차라리 핵심적인 내용과 결론 부분을 이해하자. 그런 방법으로 책이 무엇을 말하고자 하는지 아는 것이 효과적일 수 있다.

주변에 독서를 즐기는 사람이 있다면 잘 관찰해보자. 그리고 독서 비결에 대해 물어보자. 그 사람 또한 목차에 대한 중요성을 언급할 것이다.

목차에 대한 중요성은 이해했다. 이젠 목차를 읽는 방법을 알아야 때다.

그것은 아래와 같다.

첫째, 목차의 큰 제목(장제목)을 먼저 읽는다. 목차를 보면 PART 또는 CHAPTER로 표현된 것이 있다. 이것이 목차의 큰 제목이다. 큰 제목은 책의 핵심 구조이다.

둘째, 큰 제목 아래에 있는 소제목(꼭지 제목)을 읽는다. 이제는 큰 제목 아래에 있는 소제목을 읽는다. 예를 들면 아라비아

숫자 형태로 표시된 01, 02, 03… 형태가 소제목(꼭지제목)이다. 때로는 숫자가 없는 상태로 있는 경우도 있다.

목차를 읽다보면 이해가 되는 부분이 있고, 그렇지 않은 부분이 있을 것이다. 우리가 확인해야 할 것은 이해가 되지 않는 부분이다. 그리고 궁금증을 부르는 부분도 먼저 읽는다면 도움이 될 것이다.

셋째, 책의 흐름을 이해한다.
여기서 흐름이란, 서론-본론-결론과 같은 맥락의 의미이다. 즉 어느 부분에서 책의 작가가 핵심내용을 표현하고 있는지 파악하는 것이다. 보통 후반부에 핵심내용이 들어 있다.

넷째, 각 제목별 핵심내용을 이해한다.
전체적인 내용이 이해되었다면, 각 큰 제목과 소제목의 내용을 파악하는 과정이 필요하다. 만약 소제목을 읽는 것만으로도 이해가 된다면 다음 단락으로 넘어가도 된다. 우리가 목차를 읽는 이유는 효율적인 독서를 위해서이다.

다섯째, 책의 결론을 확인한다.
이제 저자가 책에서 무엇을 말하고자 하는지를 확인하는 단계이다. 결국 책은 이 부분을 위해 여러 개의 소제목과 여러 장의 원고로 구성되었다고 할 수 있다.

위의 5단계를 지속적으로 하다보면 나만의 독서 노하우가 생긴다. 목차에서 말하고자 하는 내용이 이해되면 다음 목차로 바로 넘어간다. 또는 궁금증을 불러일으키는 소제목을 읽었다면 해당 페이지로 넘어가 바로 확인한다.

시작이 반이라는 말이 있다. 무슨 일이든 시작하기가 어렵지 일단 시작하면 그 일에 반은 한 것과 같다. 독서도 마찬가지다.

5분간 목차 읽기를 시작했다면, 독서의 반은 끝났다고 생각하라. 그 만큼 목차는 중요하다. 직장인에게 시간은 황금과 같다. 그렇기에 목차 읽기를 통한 독서는 직장인에게 필수적이라 할 수 있다. 오늘부터라도 목차부터 읽는 습관을 들이자!

07 : 독서에도 현미경과 망원경의 조화가 필요하다

망원경은 멀리 있는 물체를 크고 정확하게 볼 수 있도록 도와준다. 예를 들면 우주를 관찰할 때 사용한다. 현미경은 육안으로는 볼 수 없을 만큼 작은 물체와 물질을 확대해서 볼 수 있게 해준다. 세포구조나 미생물을 관찰할 때 사용할 수 있다. 그래서 두 가지 모두 필요하다. 독서에서도 마찬가지이다. 가벼운 내용의 책이 있는가 하면 깊이 있는 내용을 다룬 책도 있다. 이 두 가지모두 우리 삶에 필요한 책이다.

많은 독서법이 있다. 저자의 경우는 현재의 삶을 조금이나마 개선시키고자 책을 읽기 시작했다. 그리고 나중에야 내가 한 독서도 독서법의 일환이란 것을 깨닫게 되었다. 저자는 경영, 자서전, 시간관리 관련 책들을 주로 읽었다. 그래서 일단 도서관에 가면 관련 코너로 이동했다. 관심이 가는 제목이 보이면, 바로 꺼내어 그 자리에서펼쳐보곤 했다. 서점에서도 마찬가지다. 서점에서는 자기계발 코너가 따로 정해져 있다. 서점에서는 주로 매대 위에 있는 책 위주로 읽었다. 매대 위에는 최신작부터 유명인의 책 등 다양하게 진열되어 있다. 책 표지를 보는 것만으로도 기분이 좋아진다.

직장인들은 노동에 대한 대가로 급여를 받는다. 급여는 우리의 생계를 유지하게 하는 수단이다. 인간의 기본적인 욕구인 의식주를 해결해준다. 일정부분은 미래를 대비하여 저축할 수도 있다. 자기계발을 위해 돈과 시간을 투자할 수도 있다.

직장인이 되어 급여를 받으니 '돈 관리하는 방법'에 대한 궁금증이 생겼다. 그래서 시작한 게 독서이다. 책에는 돈 관리하는 방법에 대해 다양하고 자세하게 적혀있었다. 책을 통해 알게 된 사실은 급여의 일정부분은 꼭 저축해야 한다는 것이었다. 저축을 통해 목돈을 만든다. 목돈이 모이면 투자를 시작한다는 것이었다. 기존의 독서 형태에서 경제, 재테크 분야까지 관심을 가지게 되었다.

시작은 자기계발 관련 책이었지만, 독서를 할수록 점점 다양한 분야로 이어졌다. 보다 깊이 있는 내용이 궁금할 때는 동일한 주제의 도서를 읽었다. 나중에 알게 된 사실이지만, 위의 내용에는 놀라운 독서법이 숨겨져 있었다. 저자도 모르게 '수평적 독서'와 '수직적 독서'를 경험하고 있었던 것이다.

'수평적 독서'란 수필, 인문학, 시, 소설, 에세이 등 다양한 분야의 책을 읽는 것을 말한다. '수직적 독서'란 한 분야의 책을 집중적으로 읽는 것이다. 두 가지 방법 중 자신이 선호하는 방식으로 읽으면 된다. 한 분야의 책을 읽고 싶다면 집중해서 읽으면 되고, 여러 분야의 책을 읽고 싶다면 다양한 장르의 책을 읽으면 된다. 하지만 두 가지 분야를 적절히 통합해서 읽는 것이 좋다.

독서를 시작할 때 위와 같은 개념을 알지 못했다. 내가 책을 손에 들게 된 것은 변화, 성찰 그리고 미래에 성공 때문이었다. 이렇게 가만히 있다가는 평생토록 직장인 신세를 면치 못할 것 같았기 때문이다. 그렇다고 돈이 많은 것도 아니었다. 특별히 똑똑한 것도 아니었다. 자존심 강하고 자기주장이 강한 성격은 대인관계조차 쉽지 않았다. 심지어 입사초기에 누군가가 저자에게 '최악의 상황'이라는 말을 할 정도였다. 남들이 보기에도 당시 저자의 상황은 엉망진창이었다.

그럼에도 나는 스스로를 최악이라 생각하지 않았다. 다른 사람들의 말을 믿지 않았다. 이러한 믿음의 결과였을까? 당시 내가 맡고 있던 업무를 문제없이 소화해 냈다. 그 중 하나가 계약 업무였다.

감사를 받던 중에 해낸 결과였다. 감사관들은 내심 저자가 다니는 기관에 대해 좋지 않게 생각하고 있었던 듯 했다. 그래서 사사건건 업무에 트집을 잡으려고 했다. 감사관은 제출받은 서류를 꼼꼼히 검토했다. 한 장 한 장 포스트잇을 붙여놓기까지 했다. 하지만 문제점은 발견할 수 없었다.

감사가 끝난 후 이 정도로 계약업무를 잘 하고 있을지는 몰랐다며 감탄했다는 말을 전해 들었다. 그 말을 전해 듣고 너무 기뻤다. 그 당시 계약업무는 기존의 틀을 깨고 새롭게 만들었기 때문이다. 그 과정에서도 많은 시행착오를 겪었다. 규정집을 읽고 또 읽었다. 모두 처음 읽어보는 내용의 업무이기에 쉽게 이해되지 않았기에 규정집을 최소 7번은 읽으면서 업무를 소화해 냈다. 위와 같은 상황을 겪으며, 깨달은 것이 있다.

첫째, 정확한 규정숙지
둘째, 감사에 대비한 업무처리
셋째, 반복해서 읽기

업무를 처리할 때는 정확한 규정을 먼저 숙지해야 한다. 그리고 감사에 지적사항이 될지 안 될지에 대해 생각하고 업무를 추진해야 한다.

이는 독서에서도 마찬가지이다. 독서를 할 때 정확히 이해하는 것이 필요하다. 그리고 독서를 왜 하는지 목적이 분명해야 한다. 이해가 되지 않는다면 이해가 될 때까지 반복적으로 읽는 노력이 필요하다.

어려운 상황에 처할 때마다 독서는 내게 축복과도 같았다. 생각해보면 하늘에서 고단한 나를 보며, '독서'라는 선물을 내려준 것 같다. 독서를 통해 현실을 극복할 수 있는 힘을 얻었기 때문이다. 독서를 통해 지식과 지혜를 얻을 수 있었다.

수평적 독서, 수직적 독서라는 표현이 어려워 보일 수 있다. 그러나 직접 실천에 옮긴다면 생각보다 어렵지 않다는 것을 느낄 것이다. 일단 책을 구매하여 읽는 게 가장 중요하다. 책을 읽다보면 수평적이고 수직적인 독서는 자동으로 따라오게 된다.

08 : 두 번 읽기로, 독서의 효과를 높이자

고기는 씹을수록 맛이 난다. 그리고 책도 읽을수록 맛이 난다. 다시 읽으면서 처음에 지나쳤던 것을 발견하고 새롭게 생각하는 것이다. 말하자면 백번 읽고 백번 익히는 셈이다.

– 세종대왕 –

농구황제 마이클 조던, 수영천재 마이클 펠프스, 역도의 장미란, 코리안 탱크로 불리는 골프선수 최경주. 이들의 공통점을 아는가? 모두 '노력의 대가' 들이다. 수백 번, 수천 번 실패 속에서도 좌절하지 않고 끊임없이 노력하여 지금의 자리에 오른 인물들이다. 이들과 관련된 영상과 책을 보고 느낀 점이 있다. 그들은 성공할 수밖에 없는 요소가 있었다. 그것은 다음과 같다.

첫째, 목표이다.

그들에게는 공통적인 호칭이 있다. '최고' 라는 타이틀이다. 종목은 다르지만 각자 자신의 위치에서 최고라는 목표를 향해 정상에 오른 사람들이다.

둘째, 비전이다.

그들은 미래에 대한 비전을 가지고 있었다. 세계대회에서 우승이라는 비전, 올림픽 금메달이라는 비전을 가지고 있었다. 미래의 비전을 달성하기 위해 긍정적인 생각과 마인드 컨트롤을 통해 자신을 단련하고 어려움을 극복해냈다.

셋째, 반복적인 연습이다.

그들은 수천 번의 실패를 거듭해도 포기하지 않고 끈기와 근성으로 다시 일어났다. 오뚝이처럼 딛고 일어나 다시 땀을 흘렸다. 그러한 노력들이 모이고 모여 그들을 최고의 자리로 올려놓았다.

위의 3가지는 독서 할 때와 유사한 점이 많다.

첫째, 독서에도 목표가 필요하다.
둘째, 독서를 하며 우리의 비전을 생각한다.
셋째, 반복 읽기를 통해 독서에 질을 높인다.

특히 3가지 중 세 번째인 반복적인 연습은 우리가 독서를 할 때 필요한 '반복 읽기'와 일맥상통한다. 저자는 독서를 할 때 형광펜과 볼펜, 포스트잇 플래그를 사용한다. 인상 깊은 문장이나 마음에 와 닿는 문장이 보이면 그 즉시 밑줄을 긋는다. 그리고 해당 페이지에 포스트잇을 붙인다. 이러한 방법으로 한 권의 책을 1회 읽는다. 그리고 두 번째 읽을 때는 포스트잇 붙인 부분을 중심으로 읽는다. 신기한 점은 두 번째 읽을 때는 동일한 문장임에도 새롭게 해석된다는 것이다. 밑줄을 그은 문장들은 언제나 다시 봐도 내게 긍정적인 기운과 힘을 낼 수 있도록 해주었다. 그 중 몇 가지 문장을 소개하겠다. 김승호 작가의 《생각의 비밀》에 나오는 문장이다.

성공한 사람들의 가장 일반적 습관은 독서다. 무려 88% 이상이 하루에 30분 이상의 독서를 즐긴다. 반면 가난한 사람들은 2%만이 독서를 즐긴다.(…) 성공한 사람들은 지근거리에 항상 책을 둔다.(…)또한 구체적인 목표를 설정하는 것(80% 대 12%)과 목표 자체를 기록해놓은 비율도 67% 대 17%로 네 배의 차이를 보인다. 아침 시간을 효율적으로 보내는 것을 증명하는 기상 시간을 보면 출근 3시간 전에 일어나는 비율도 3.5배가 높다. 성공하는 사람들의 이런 평소 습관들이 모여 성공의 기본적 배경을 이루고 있었던 것이다.

도서관에서 우연히 읽은 책이다. 별 기대 없이 선택했는데, 그가 자수성가형 부자라는 사실을 알게 된 후 정독하게 되었다. 그리고 책을 구매했으며, '상상의 힘', '아침습관', '부의원리' 등을 깨닫게 되었다.

저자는 반복읽기를 적극 권장하고 싶다. 이유는 다음과 같다.

첫째, 같은 문장이지만 의미가 새롭게 다가온다.

처음 읽을 때와는 또 다른 깨달음을 얻을 수 있다. 그리고 책 속의 의미가 더 깊게 이해되는 경험을 할 수 있다.

둘째, 처음 읽을 때는 보이지 않던 다른 문장들이 읽히는 경험을 한다.

밑줄 친 문장을 다시 읽을 때면 주변의 문장들이 새롭게 다가온다. 처음 읽을 때는 중요하게 느껴지지 않았던 문장이 새롭게 다가온다.

셋째, 필요한 부분만 반복적으로 읽을 수 있다.

반복 읽기의 핵심적인 부분이다. 포스트잇을 붙이고, 밑줄 친 부분을 반복하고 집중해서 읽을 수 있다. 책을 덮더라도 포스트잇으로 표시해 두었기 때문에 언제든지 쉽게 읽어 볼 수 있다. 반복 읽기에도 방법이 존재한다. 그 방법은 아래와 같다.

첫째, 준비하자

둘째, 표시하자

셋째, 다시 읽자

첫째, 독서를 시작하기 전에는 책 읽기에 필요한 3가지를 준비하자.

앞장에서 설명했지만, 중요한 부분이라 한 번 더 설명한다. 그것은 포스트잇 플래그, 필기구, 노트이다.

둘째, 책을 읽고 마음에 와 닿는 부분을 만났다면 표시부터 하자.

표시를 할 때는 포스트잇을 붙이고, 문장에 밑줄을 친다. 자신의 생각과 읽으면서 느껴진 감정을 책의 여백에 적어 놓는다면 더욱 좋다. 생각의 폭도 넓어지고 독서의 질도 높아질 것이다.

셋째, 표시한 부분만 다시 읽어보자.

반복해서 읽는 단계이다. 책을 덮게 되면 포스트잇 부분이 눈에 띌 것이다. 해당 페이지로 바로 넘어가며 밑줄 친 문장을 읽는다.

독자들 중에 한 권의 책을 반복해서 읽은 경험이 있는지 묻고 싶다. 생각보다 한 권의 책을 반복해서 읽은 사람이 드물다. 저자 또한 독서 초기에는 한 번 읽은 책은 읽고 싶지 않았다. 하지만 감명 깊은 책을 만난다면 상황은 달라질 것이다. 자동적으로 읽고 싶은 생각이 들 것이다. 가만히 있어도 책과 관련된 내용이 떠오르게 된다.

저자가 반복해서 읽으며 마음속에 새겨진 문장이 있다.

"나는 어떤 일을 시작하든 '반드시 된다' 는 확신 90%에 '되게끔 할 수 있다' 는 자신감 10%로 완벽한 100%를 채우지, '안 될 수도 있다' 는 회의나 불안은 단 1%로 끼워넣지 않는다."

−현대경제연구원의 《정주영 경영을 말하다》

Chapter

05

—

직장에서의
위기가
지금의 기적을
만들었다

CHAPTER_ **05**

남들보다
더 잘하려고 고민하지 마라
지금의 나보다 잘하려고
애쓰는 게
더 중요하다.

[윌리엄 포크너]

01 : 직장인에게 최고의 스펙은 책 속에 있다

 독서할 때 당신은 항상 가장 좋은 친구와 함께 있다.
- 시드니 스미스 -

학창시절, 졸업만 하면 인생이 행복해질 것이라 생각한다. 하지만 졸업하기 전 취업이라는 새로운 문제에 직면한다. 취업을 위해 하루하루 치열한 준비를 한다. 이른바 '스펙' 쌓기가 시작된다. 토익, 토익 스피킹, 오픽, 토픽, 한국사 자격증, 컴퓨터 활용 자격증, 워드프로세서 등 각종 자격증 취득을 위해 노력한다. 취업하고 싶은 기업에 대해서도 관심을 가지며 공부할 것이다. 이러한 노력 끝에 취업에 성공한다.

취업에 성공했다는 안도감과 함께 우리는 노력을 멈추게 된다. 취업을 위해 영화관에 가는 대신 도서관에서 열심히 공부했을 것이다. 주말을 반납하고 그룹스터디를 하거나 모의면접을 하며 입사시험에 대비했을 것이다. 그러나 취업하고 나면 모든 역량을 쏟아 붇던 열정적인 모습은 점점 사라진다.

직장생활은 생각만 했던 것과 직접 겪을 때의 느낌은 다를 것이다. 기대만큼 만족스럽지 않은 경우도 있다. 만족스럽지 않은 업무, 대인관계에서 오는 문제, 상사와의 불화 등이 원인일 것이다. 저자도 비슷한 감정을 느낀 경우가 있다. 그래서 우리는 직장에 입사한 이후에도 자신을 위한 자기계발을 지속해야 한다. 그 중에서 가장 좋은 것이 독서이다.

'위기 속에 기회가 있다.' 라는 말이 있다. 최종합격통지를 받은 날은 기분이 정말 좋았다. 모든 일이 잘 풀리는 것 같았다. 하지만 직장생활을 하다 보니 시시때때로 위기가 찾아왔다. 처음 맡는 업무, 동료직원의 갑작스런 퇴사, 각종 민원, 상사의 질책 등 끊임없이 위기가 닥쳤다. 가장 컸던 위기는 동료직원의 갑작스러운 퇴사로 조직이 개편된 것이었다. 저자가 속한 부서의 팀원이 다른 팀으로 가게 되는 바람에 얼떨결에 비중이 큰 업무를 맡게 된 것이었다. 이 날을 기점으로 나의 직장생활은 변화를 맞이했다.

갑자기 업무가 조정되면서 새로운 업무파악이 시급했다. 갑작스럽게 생긴 상황이라 업무 인수를 제대로 받지 못했다. 한 마디로 맨땅에 헤딩하는 꼴이었다. 그 당시에는 중요한 행사를 앞두고 있었기 때문에 저자의 업무는 더욱 비중이 커졌다. 일을 하면서 상사와의 의견 차이로 갈등도 있었다. 입사한지 1년도 되지 않은 직원이 기존의 것을 새롭게 바꾸려고 했으니 그럴 법도 했다. 주변에서 나를 바라보는 시선도 좋지 많은 않았다.

하지만 나는 주장을 굽히지 않았다. 아무리 일을 잘 한다 해도 규정에 따라 해야 한다고 생각했다. 감사를 받거나 나중에 다른 사람이 일할 때 나와 같은 경우를 겪게 하고 싶지 않았다.

결론부터 말하자면 일은 잘 해결되었다. 감사를 받은 후 문제는 발견되지 않았다. 하지만 문제는 그 다음부터이다. 힘들고 어려운 상황을 극복했음에도 마음속에 알 수 없는 공허함이 생겼다. 이러한 심정과 함께 자연스럽게 독서를 시작하게 되었다. 그 당시 인근에 도서관이 없었다. 그래서 주말에는 서점에서 책을 읽었다. 고향 집에 갔을 때 인근 서점을 찾곤 했다. 이때부터 독서에 대한 씨앗이 심어진 것이다. 고단한 나의 심정을 극복하기 위해 책을 찾은 것이다. 그 시절에 읽은 책들은 자서전, 경영 서적, 종교 서적 등이었다.

책의 저자들이 어려움을 어떻게 극복하는지 궁금했다. 어려움에 처할 때 어떤 생각을 하고, 현실을 어떻게 극복했는지 궁금했다. 이러한 배움에 대한 갈망은 독서를 지속할 수 있게 해주었다.

어려운 현실을 극복하기 위해 시작한 독서는 나를 담대하게 해줬다. 성공한 기업인들을 통해 그들의 사고와 시간관리 능력, 업무능력을 배울 수 있었다. 대표적인 인물이 고 정주영 회장, 노자, 천호식품의 김영식 회장, 스티븐 잡스, 마크 주커버그 등이었다.

돌이켜 보건데, 독서는 한 순간, 순간마다 내게 많은 영감과 힘을 주었다. 직장인에게 독서는 꼭 필요하다. 독서도 충분히 스펙이 될 수 있다. 그 이유는 아래와 같다.

첫째, 직장인에게 자기계발은 필수이다.

자기계발을 통해 직장인은 업무에 필요한 지식과 정보를 얻을 수 있다. 그것이 독서가 될 수도 있고, 자격증 취득이 될 수도 있다. 또 오프라인 강의나 온라인 강의를 통해서도 배울 수 있다. 이 중 독서는 글쓴이의 경험담과 실용지식이 담겨 있어서 현장에서 유용하게 적용할 수 있는 장점이 많다.

둘째, 자기계발서를 통해 동기부여를 받을 수 있다.

자기계발서 안에는 작가가 겪은 실제 경험담과 원리·노하우가 담겨 있다. 책에는 저자가 직접 겪은 일들을 글로 표현했다. 독자는 글을 통해 간접경험을 하며 동기부여를 받을 수 있다. 또한 저자가 겪은 경험이 축적된 노하우를 통해 리스크를 사전에 예방할 지혜도 배울 수 있다.

셋째, 경쟁력을 갖출 수 있다.

어느 조직을 가든 경쟁을 해야 한다. 하지만 독서를 하는 사람과 하지 않는 사람은 생각에서부터 차이가 생긴다. 폭넓고 깊은 생각을 하는 사람과 그렇지 않은 사람과의 경쟁은 게임이 안 된다. 잠깐 대화만 나누어도 알 수 있다. 독서를 지속한 사람은 책을 읽지 않는 사람의 사고가 눈에 들어올 정도이다.

위와 같이 직장인에게 독서는 유익한 면이 많다. 이렇게 좋은 독서를 시작하기 위해서는 중요한 요소가 있다. 그것은 다음과 같다.

첫째, 자신의 현재 상태를 살펴봐야 한다.

현재 어떤 상황에 처했는지에 따라 필요한 책도 달라진다. 업무적으로 부족하다면 업무와 연관된 책을, 인간관계로 문제를 겪고 있다면 인간관계와 관련된 책을 읽는다면 도움이 될 것이다.

둘째, 독서의 목적이 필요하다.

우리가 취업을 위해 자격증 공부를 하듯, 독서에도 목적이 필요하다. 시간관리, 업무능력 향상, 언어 공부 등 한 가지 주제를 정해서 목적에 맞게 해야 한다.

셋째, 독서를 통한 실천

제일 중요한 항목이다. 한 권을 읽더라도 반드시 실천해야 한다. 바로 실천해야 한다. 하루 이틀 미루면 안 된다. 실천을 통해 현실성 있는지 확인을 해야 하고, 나와도 맞는 것인지 검증할 필요가 있다.

직장인들이 자기계발에 대한 반감을 가지고 있는 경우도 있다. 자기계발서를 두고 "책 팔려고 하는 거야."

"현실성 없는 말들이야."

"아침에 일찍 일어나는 것은 힘들어."

추측하건데, 이미 현실에 안주하거나 실천하는 걸 두려워하기 때문일 것이다. 사회는 발전 속도가 점점 빨라지고 있으며 경쟁 또한 심해지고 있다. 그리고 현재의 최신 기술은 내일이면 구식이 되어간다. 지금 자신을 위해 투자한 자격증이 1년 후, 3년 후, 5년 후, 10년 후에도 가치가 있을 것이라고 단정할 수 없다.

하지만 독서는 다르다. 독서는 우리의 뇌를 단련한다. 두뇌의 근육을 키운다. 독서를 지속할수록 우리의 사고는 단단해진다. 생각은 더욱 깊어지고, 어느 누구 앞에서도 당당해 질 수 있다. 그리고 자신만의 철학과 사고를 가지고 남들이 보지 못하는 '지혜의 눈'을 가질 수 있다. 이제 남을 쫓는 자격증 공부가 아닌, 나를 위한 독서로 자기계발을 시작할 때이다!

02 : 출근 전 습관이 성공자의 마인드를 키웠다

 독서는 인간을 정신적으로 충실하고 심오하게 해줄 뿐만 아니라 영리한 두뇌를 만들어준다.

– 벤저민 프랭클린 –

미국 시사주간지 〈타임〉은 233명의 자수성가한 사람들이 매일 의식처럼 치르는 공통된 습관 7가지를 소개하였다. 그 중 88%가 하루 30분 이상 책을 읽는다고 했다.

저자가 사업부서에서 일할 당시, 아침에 일어나면 출근하는 발걸음이 무거웠다. 발걸음이 무거운 만큼 출근 자체가 괴로울 때도 있었다. 알람소리에 깨어 이불속에서 겨우 일어난다. 잠시 멍한 상태로 앉아 있었다. 일어나서 창문을 열어 날씨를 확인했다. 그리고 화장실로 들어가 세면을 했다. 출근 복장으로 갈아입었다. 여기까지는 대부분의 사람들과 별반 차이가 없을 것이다.

회사 업무도 시간이 지남에 따라 적응이 되었다. 문서를 기안하는 일, 보고서를 작성하는 일 등등. 하지만 일을 하면서 보람 있다는 생각이 들지 않았다. 이러한 생각이 떠오름과 동시에 저녁에는 자연스럽게 도서관을 찾게 되었다. 그리고 새벽에 일어나 책을 읽기 시작했다. 책 속에는 당대 유명한 사람들의 명언이 적혀 있었다. 명언들을 읽고 있으면 마음이 정화되는 듯 했다. 회사생활의 부정적인 감정도 사라지곤 했다. 마음속 울림이 있는 명언들은 노트에 옮겨 적곤 했다. 이 때부터 필사의 매력을 깨닫게 되었다.

사실 아침에는 분주하다. 특히 출근준비와 아침식사를 하면 늘 시간이 부족했다. 독서를 하며 필사까지 하기에는 부담이 되었다. 그래도 필사를 멈출 수는 없었다. 필사를 할 때 느껴지는 신선함이 너무 좋았다. 저자가 아침에 필사한 내용을 몇 가지 소개하겠다. 《부자의 끌어당김》이라는 책에 나온 말이다.

나는 나를 믿는다. 티끌만큼 작더라도 나는 우주와 신의 한 부분이므로. 인간의 삶을 결정하는 열쇠는 생각이다. 아무리 완강하고 반항적인 사람이라도 자신만의 방향키를 따르는 셈이다. 그 방향키는 생각이며 그 생각에 따라 인간의 모든 경험과 현실이 좌우된다. 자신의 생각을 압도할 수 있는 새로운 생각을 보여줘야만 그를 다른 사람으로 변화시킬 수 있다.

– 랄프 에머슨 –

겉으로 드러나는 모든 것은 내면에 있던 생각이 표현된 결과물이다.

훌륭하게 행동하려면 무엇보다 명료하고 진실하게 생각해야 한다. 고결하게 행동하기 바란다면 고결한 생각을 해야 한다.

– 윌리엄 엘러리 채닝 –

사람은 실패하기 위해서가 아니라 성공하기 위해 태어난다.

– 헨리 데이비드 소로 –

수용소에 있을 때나 먹을 것을 구하기 위해 길거리를 방황하고 있을 때도 나는 내가 세계에서 제일가는 배우라고 믿고 있었다. 어린아이가 한 생각으로는 어이없게 들리겠지만, 그래도 그렇게 강한 믿음을 갖고 있었던 것이 나를 구했다. 그런 확신이 없었다면 나는 고달픈 인생의 무게에 짓눌려 일찌감치 삶을 포기해 버렸을 것이다.

– 찰리 채플린 –

위의 문장들은 모두 새벽시간대 읽고 적은 것들로서, 출근 전 나의 마음을 긍정적이고 자신 있게 만들어 주었다. 신기한 점은 책을 읽으면서 자연스럽게 필사하게 되었다는 것이다, 시간이 부족한 아침에 필사는 쉽지 않았다. 하지만 책을 읽는 순간 무의식적으로 필사를 하고 있었다. 이러한 경험을 계기로 중요한 사실을 깨닫게 되었다. 그것은 다음과 같다.

첫째, 좋은 책을 읽어야 한다.
둘째, 내게 맞는 책을 읽어야 한다.
셋째, 나의 상황과 책은 연결된다.

위의 책을 계기로 '잠재의식'에 관심을 갖게 되었으며, 사람의 내면이 무엇보다 중요함을 깨닫게 되었다. 책을 읽으면 읽을수록 잠재의식의 중요성을 점점 깨닫게 되었다.

'잠재의식'은 우리가 원하는 '성공과 부'로 연결된다는 것을 알게 되었다. 그래서 잠재의식, 내면의식에 관한 책을 찾아보았다.

에녹탄의 《마음과 실재》, 나폴레온 힐의 《결국 당신은 이길 것이다》, 조셉 머피의 《잠재의식의 힘》, 김승호 작가의 《생각의 비밀》 등이었다.

그 중 김승호 작가의 《생각의 비밀》에는 다음과 같은 문장이 나온다.

'매일 100번씩, 100일간 상상하고, 쓰고, 외쳐라' 즉, 100번씩 상상하고, 쓰고, 외치는 동안 우리의 '잠재의식'은 우리도 모르게 스스로 작동한다.'

다음과 같은 문장도 있다.

'목표가 정말 자기가 절실히 원하는 것인지 그렇지 않은지를 아는 방법은 간단하다. 그 일이 반드시 하고 싶으면 종이에 적어놓는 것으로 만족하지 않고 100번씩 되뇌이며 100일간 해보면 된다. 100일 동안 잘했으면 정말 자신이 원하는 목표가 맞다. 아니라면 스스로 그럴 만한 가치를 못 느끼고 중간에 그만둘 것이기 때문이다. 100번씩 100일 동안 쓰거나 되뇌는 것은 생각처럼 쉽지 않다. 막상 해보면 간혹 했는지 안 했는지 기억이 나지 않기도 하고, 왜 해야 하는지 의심이 들기도 한다. 나는 이런 목표를 이루기 위해 종이에 100번씩 써보기도 한다. 그렇게 해본 목표 중에서 이루어지지 않은 것은 아무것도 없었다.'

출근 전 새벽시간에 시작한 독서는 나의 생각을 바꾸는 계기가 되었다. 그리고 필사를 하며 성공한 사람들의 비밀을 알게 되었다. 그 비밀은 사실 거대한 것도 아닌 우리 마음속에 있는 것이었다.

그래서 우리는 생각 하나, 말 한 마디, 행동 한 번 할 때에도 조심스러워야 한다. 그런 것들이 우리를 이끄는 마음속 잠재의식에 영향을 주기 때문이다. 아마 지금 이 글을 읽는 독자들은 조금 당황할 수도 있을 것이다. 직장인에게 무슨 의식이니 잠재의식이라는 단어를 쓰고 있으니 말이다. 하지만 당장은 아니더라도, 시간이 흐르고 세월이 지나면 여러분도 깨닫는 날이 올 것이다. 혹시라도 의심이 된다면 내일 아침부터 책을 펴고 읽어보길 바란다. 여러분의 인생을 바꾸는 날이 될 수 있을 것이다.

03 : 퇴근 후 독서로 퇴직 후 미래를 세울 수 있었다

 교육은 노후를 위한 최상의 양식이다.
- 아리스토텔레스 -

우리는 직장인이 되기 전까지 많은 교육을 받는다. 학교에서의 정규교육, 학원에서 받는 교육, 인터넷 강의 등이 그러하다. 그렇게 많은 교육을 받고도 우리는 또 교육을 받는다. 자격증 공부, 대학원 등등. 이러한 교육을 받기 위해선 시간과 비용이 소요된다. 하지만 많은 교육 중 실생활에 사용할 수 있는 교육은 많지 않다.

시간은 흐르고 우리의 나이는 늘어난다. 그리고 직장생활의 정점인 퇴직이라는 문에 다가간다. 그 때가 되어서야 퇴직 후 삶을 준비하지 못한 것에 대한 후회가 밀려온다. 하루라도 빨리 노후를 준비하자. 그것의 시작은 바로 독서이다.

저자는 남들이 부러워하는 직장에 입사했으며, 근무 중 어려운 시기를 넘겼다. 새로운 아이디어를 제시하고 업무를 수행했다. 연말이 되어 지난 1년을 정리할 때 뿌듯한 순간도 있었다. 하지만 정년퇴임을 하는 직원을 볼 때면 무엇인가 아쉬운 마음이 들었다. 그리고 나이가 들어 정년퇴직하는 자신을 상상하면서 스스로에게 많은 질문을 던졌다.

- 나는 이떤 삶을 살고 싶은가?
- 직장생활을 언제까지 해야 할까?
- 나는 이 일을 좋아하는가?
- 정년퇴직까지 다닌다면 행복할까?
- 30대에 나이에 무엇을 해야 후회를 하지 않을까?
- 40대가 본 30대를 생각했을 때 아쉬운 점은 무엇일까?

하는 등등의 질문을 스스로에게 던졌다. 미래에 대한 고민이 생기기 시작했다. 그리고 퇴직 이후의 삶을 상상했다. 그 결과 내가 향한 곳은 도서관이었다. 도서관에서 퇴직과 관련된 책을 모조리 꺼내들었다. 책에는 일찍이 퇴직을 선택한 직장인의 삶이 있었다. 퇴직을 준비한 과정에 대해 쓴 책이 있었다. 책을 읽다가 한 가지 생각이 떠올랐다. '30대의 나이에 무엇을 해야 후회하지 않을까?' 라는 것이었다. 그와 동시에 30대와 관련된 책을 모조리 꺼냈다. 책 속에는 직장인의 삶에 관련된 내용이 있었다. 그들의 공통점을 발견할 수 있었다. '준비'였다. 그들은 새로운 삶을 위해 새로운 준비를 해왔다. 그 준비를 통해 성공적인 제2의 삶을 살고 있었다. 희망을 가질 수 있었다. 왜냐하면 나 또한 미래를 준비할 수 있기 때문이다.

무엇보다 현직에 있을 때 준비를 해야 한다는 것을 깨달았다. 하지만 직장인은 보통 매일 아침 9시부터 저녁 6시까지 일을 해야 한다. 그러다 보니 무엇인가를 새롭게 준비하기는 어려웠다. 그래서 퇴근후 2시간만큼은 나를 위한 시간으로 계획하였다.

그렇게 시작한 것이 미래를 위한 자기계발이었다. 처음에는 쉽지 않았다. 퇴근 후에는 집에 가서 마냥 쉬고 싶었다. 이러한 마음을 바꾸기 위해 습관부터 만드는 작업이 필요했다. 다음은 내가 습관을 만들기 위해 시도했던 방법이다.

첫째, 시간을 계획적으로 사용하기 위해 노력했다.

책을 읽으며 깨달은 것은 시간이 우리 삶의 모든 것이었다. 시간을 제외하면 우리에게 남는 것은 없었다. 돈이 아무리 많아도 시간 앞에서는 무용지물이다.

둘째, 계획과 동시 실천한다.

책을 읽기로 마음먹은 즉시 도서관으로 향했다. 필요한 책이 생기면 망설이지 않고 구입했다. 어떤 때에는 책을 주문하고도 그 사실조차 잊고 있었다. 택배를 찾기 위해 보관함에 갔다가 주문했던 5권의 책을 발견한 적도 있었다.

셋째, 영양이 풍부한 저녁식사를 한다.

직장인들 중에 식생활을 소홀히 하는 경우가 더러 있다. 퇴근 후몸이 피곤하다 보니 저녁을 대충 먹거나 먹지 않는 경우가 있다. 이러한 행동은 위험하다. 우리가 느끼고 생각하고 행동할 수 있는 힘의 원천은 건강한 육체에서 나온다고 생각한다. 건강은 영양가 있는음식을 취하는 식습관에서 나온다.

계획을 실천에 옮기기 위해 퇴근 후 2시간은 나를 위해 사용했다. 1시간은 저녁식사 그리고 나머지 1시간은 자기계발로 활용했다.

자기계발 중 특히 독서를 통해 미래에 대한 힌트를 얻을 수 있었다. 기존에 가지고 있던 사고의 틀이 깨진 순간이었다. 그것은 다음과 같다.

첫째, 직장이 전부는 아니었다.

한때 직장이 내 인생의 모든 것일 줄 알았다. 하지만 직장이라는 곳은 언젠가는 나와야 하는 곳이었다. 내 인생의 일부일 뿐이었다.

둘째, 준비는 빠를수록 좋다.

이 글을 읽는 독자들 중에 사회초년생이 있다면, 당장 노후준비를 권하고 싶다. 남들보다 하루라도 빨리 저축을 하든지 투자를 하든지 미래 준비를 하라고 말하고 싶다. 지금이야 열정과 패기로 일할 수 있겠지만, 세월 앞에는 강자가 없다.

셋째, 현직에 있을 때 준비해야 한다.

가끔씩 우발적으로 사직서를 제출하는 직장인을 보곤 한다. 매우 위험한 일이다. 책에서도 우발적인 사직은 반대했다. 직장이 힘들다고 해서 바로 사직서를 내지 말고 차근차근 준비를 하라!

우리는 미래를 위해 고민해야 할 것이 있다. 그것은 행복이다. 행복한 삶을 위해서 무엇을 해야 할지 고민해야 한다. 가족과의 행복한 삶, 친구들과의 행복한 삶, 자신의 일을 통한 행복한 삶 등 많을 것이다. 이러한 행복 속에는 또 하나의 비밀이 숨어있다. 그것은 '사랑' 이다. 가족을 사랑하는 마음, 일을 사랑하는 마음, 동료를 사랑하는 마음 등이다.

저자는 행복의 중요성은 책을 통해 깨달았고, 사랑의 중요성은 성경을 통해 깨달았다. 이러한 깨달음을 실천하기 위해 책을 읽고 또 책을 쓰고 있다. 책을 읽고 생각으로만 그치지 않았다. 책의 내용을 실천하기 위해 노력했다.

이제는 여러분들의 차례이다. 여러분의 잠재의식 안에는 행복, 즐거움, 사랑, 믿음, 긍정 등 모든 것이 들어있다. 그것들이 무엇인가에 가려져 있을 뿐이다. 오늘부터 여러분을 위한 책을 찾아 미래를 준비하길 바란다!

04 : 직장인도 책과 사랑에 빠질 수 있다

 책 없는 방은 영혼 없는 육체와 같다.
- 키케로 -

사랑에는 국경이 없다는 말이 있다. 지구라는 행성에는 수많은 나라가 있으며 수많은 사람들이 살고 있다. 아시아, 유럽, 미국, 아프리카, 오세아니아 5개 대륙에 249개의 나라가 있으며, 76억 명 정도의 사람들이 살고 있다. 인터넷이 발달하면서 그 많은 나라의 사람들이 서로 소통할 수 있게 되었다. 온라인 커뮤니티를 통해 서로 연락을 주고받을 수 있으며, 인터넷 영상을 통해 그 나라의 문화도 접할 수 있다.

독서에도 국경이 없다. 동서양 가릴 것 없이 모든 나라의 책을 읽을 수 있는 시대이다. 한 가지 부족하다면 우리의 관심과 사랑이다. 우리가 관심과 사랑만 있다면 독서는 일상 속 어디서든 가능하다. 우리가 숨 쉬는 공기처럼 말이다. 이제부터 독서와 함께 일상의 달콤함을 맛보길 권한다.

사람들이 책을 읽는 이유는 다양하다. 누군가는 자아성찰을 위해서, 누군가는 간접경험을 위해서 책을 읽는다.

저자는 많은 지원자들과의 경쟁을 통해 운 좋게 입사시험에 합격했다. 남들이 부러워할 만큼의 좋은 직장이었다. 하지만 회사에서 행복한 감정과 만족스러운 느낌을 느끼기는 어려웠다. 다른 사람과의 비교를 통해 그나마 스스로를 위안했다. 또한 어려운 취업시장에서 직장을 다니고 있는 것만으로 다행이라는 생각으로 위로했다.

그리고 시간이 흘러 사업부서로 자리를 옮기게 되었다. 이전 팀보다 출장갈 일과 사람과 대면할 일도 많아졌다. 길게는 일주일 동안, 그것도 새벽에 출장을 가야할 때도 있었다.

사업부서로 자리를 이동하면 조금 나을 줄 알았다. 하지만 이내 찾아오는 알 수 없는 공허함과 갈증은 여전했다. 돌이켜 보면 늘 직장을 다녀야 하는 나와 퇴사하고 싶은 나 사이에서 고민하고 갈등했던 것 같다. 직장에 대한 흥미는 점점 떨어지기 시작했다. 이내 출근하는 것마저 싫어지기 시작했다.

변화의 필요성을 직감할 수 있었다. 비슷한 경험이 있기 때문이다. 군 생활을 할 때였다. 군 시절에는 힘든 일이 생길 때면 책을 통해 극복해 나갔다. 그 때의 경험을 살려 나는 눈에 보이는 책은 곧장 읽었다. 평일에는 퇴근 후 도서관에서 읽었다. 주말이 되면 1시간 거리에 있는 서점에 가서 책을 읽었다. 책을 읽는 동안은 잠시 복잡한 머리를 식힐 수 있었다. 불안한 마음도 잠재울 수 있었다.

하지만 주말이 지나가는 일요일 밤만 되면, 출근을 해야 한다는 부담감이 여전히 남아 있었다. 그때까지만 해도 책을 읽어도 크게 변화되는 것은 없다는 생각을 했다. 하지만 책을 지속적으로 읽으며 나의 생각은 점차 바뀌기 시작했다.

힘든 순간 책을 읽자 변화가 찾아오기 시작했다. 힘든 시절 책을 통해 변화된 것은 다음과 같다.

첫째, 직장 이외의 곳에서 희망을 찾았다.

대부분의 직장인이 비슷할 것이다. 직장생활 중 찾아오는 회의감 고단함 등의 감정을 해소하기 위해 가족과 대화를 시도한다. 하지만 가족 또한 힘든 현실로 인해 여유가 없다. 이럴 때 우리에게 희망을 주는 것은 책 속의 따뜻한 한 줄기 문장이다.

둘째, 나만의 꿈을 찾는 원동력이 되었다.

직장 생활 중에 꿈과 목표에 대한 말을 하면 조롱당하기 십상이다. 하지만 책 속에서는 꿈과 목표를 찾는 '드림워커'를 만날 수 있다. 책 속에 있는 성공한 사람들은 모두 자신만의 꿈이 있었다는 것을 알게 될 것이다.

셋째, 나와 비슷한 사람을 만날 수 있었다.

　퇴근 후 대부분의 직장인은 동료들과 술자리를 가지면서 대화를 나누곤 한다. 상사에 대한 험담을 하거나, 마음에 들지 않는 직장동료에 대한 얘기를 할 수 있다. 이러한 상황 속에서 홀로 책을 보기란 쉽지 않다. 하지만 책 속에는 여러분을 미래로 이끄는 성공적인 대화를 나누는 사람을 만날 수 있다.

　저자는 일을 하다가 종종 인터넷 서점에 접속해서 신간이나 스테디셀러를 확인한다. 때론 검색 창을 통해 책을 찾아본다. 주로 검색하는 단어는 직장인, 자기계발, 독서 등이다. 관련된 책을 검색 후 리뷰와 서평을 읽다 보면 나도 모르는 사이에 책을 구입하게 된다. 책이 도착하면 그 자리에서 단 한 페이지라도 읽는다. 또는 목차를 확인하고 관심 있는 내용으로 넘어간다. 이렇게라도 해야 하루를 온전히 보내는 것 같았다. 책을 끝까지 읽지 못한 경우도 있었다. 필요한 부분을 위주로 읽었다. 대신 독서를 포기하지는 않았다.

　이런 나의 마음가짐으로 책을 손에서 놓지 않았다. 책이 없으면 무엇인가 빠뜨린 느낌이었다. 책을 읽는 동안에는 꿈과 목표에 대한 희망을 놓지 않았다. 나는 사람들에게 종종 꿈과 행복에 대한 말을 했다. 꿈을 응원해준 사람도 있는 반면, 그렇지 않은 사람이 더 많았다. 하지만 나는 꿈과 믿음의 힘을 경험했기에 항상 믿어 왔다. 남들이 이러한 믿음을 알지 못하는 게 안타까웠다.

이러한 신념이 없으면 이 자리에 올 수 없었기 때문이다. 저자의 경험상 믿음만 있으면 우리의 몸과 뇌는 스스로 그 생각에 맞춰서 행동하게 된다. 그래서 지금도 책을 읽으며 꿈과 목표에 대한 믿음을 버리지 않고 있다. 이런 생각의 차이는 퇴근 시간이 다가오면 알 수 있다. 꿈과 목표가 있는 사람은 일할 때 한눈 팔 시간이 없다. 주어진 시간 안에 일을 끝내야 퇴근 후 자신의 시간을 확보할 수 있기 때문이다.

반면 꿈과 목표가 없는 사람은 퇴근시간에 대한 개념이 모호하다. 오히려 더 열심히 하려고 한다. 누군가는 일이 적어서 그런 것이 아니냐고 반문할 수 있다. 눈치를 보느라 그런 것이 아니냐고 할 수 있다. 물론 틀린 생각은 아니다. 하지만 이것은 일에 대한 방법과 시간 관리의 차이다. 새벽시간을 활용해서 얼마든지 극복할 수 있다. 대신 잠잘 시간이 줄어든다는 단점이 있을 뿐이다. 여러분들의 퇴근시간 모습은 어떠한가?

지금 무엇인가를 또는 누군가를 사랑하고 있는지 물어보고 싶다. 사랑할 수 있는 대상은 많다. 가족, 연인, 나와 함께 살고 있는 애완

동물일 수 있다. 사랑에는 속성이 있다. 그것은 자신의 것을 기꺼이 포기할 줄 아는 것이다. 상대에게 아낌없이 나눠줄 수 있는 마음이다. 독서할 때도 그러하다. 독서를 시작하기로 마음먹었다면 다른 것들은 잠시 내려놓자. 독서를 위해 내가 가진 소중한 시간을 투자하자. 당신의 사랑을 받은 책은 쌓이고 쌓여 보이지 않게 보답할 준비를 하고 있을 것이다. 그리고 임계점을 넘는 순간 그 사랑은 여러분을 축복으로 안내해줄 것이다.

05 : 독서는 인생의 1순위가 되었다

시작하기 전에 15분 동안 무엇을 할 것인지 생각하면, 나중에 4시간을 절약할 수 있다. 미리 하루의 일을 생각해서, 우선순위를 정하고 하루의 업무를 조직화한 사람은 생각 없이 하루를 보내는 사람들보다 성공할 가능성이 훨씬 높다. 그러므로 자신과 직원들의 시간을 절약하고 효율을 높이기 위해 15:4의 법칙을 따르라.

– 제임스 보트킨 –

우리는 살아가면서 우선순위를 가진다. 그 우선순위에 따라 우리 인생의 방향이 달라진다. 일을 중요시한다면 하루의 우선순위는 일이 될 것이다. 인생의 우선순위가 가족이라면 가족을 위해 시간을 보낼 것이다. 건강이 우선순위라면 운동과 식습관을 위해 시간을 투자할 것이다. 이 밖에도 누구나 마음속에는 한 가지씩 인생의 우선순위가 있을 것이다. 하지만 직장인이 되면 그것을 실천에 옮기기란 쉽지 않다. 직장인으로서의 삶에 최선을 다해야 하기 때문이다. 직장인에게 일은 자연스럽게 인생의 우선순위가 된다.

자신의 의사와는 상관없이 말이다. 그래서 속는 셈 치고 자신을 위한 책 읽기를 시작하면 어떨까 한다.

저자는 직장인이 되어서도 자기계발을 위해 시간을 쏟고 있다. 책을 읽으며 미래에 대한 중요성을 누구보다 일찍이 깨달았기 때문이다. 책 속에 있는 유명한 기업인, 정치인, 철학자들의 책을 읽으며 머리가 깨어나는 것을 느꼈다. 깨달음을 느낄 때면 종종 즐거움마저 느껴지곤 했다. 이렇게 좋은 점을 사람들과 함께 나누고 싶었다. 하지만 대부분의 사람들은 관심을 보이지 않았다. 이렇게 독서는 자연스럽게 저자의 일상이 되었다. 독서가 일상이 되면서 변한 것이 있다. 그것은 다음과 같다.

첫째, 습관적으로 책을 펼치게 되었다.

집안에는 아직 다 읽지 못한 책들이 곳곳에 있다. 그래서 밥을 먹을 때, 운동을 할 때, 화장실을 갈 때 항상 책을 보게 된다. 틈만 나면 책을 펼친다. 외출을 할 때도 책 한 권은 꼭 넣고 나간다. 약속을 잡을 때에도 중간에 시간을 만들어서 책을 읽게 되었다.

둘째, 일상에서 감동을 느꼈다.

작가에 따라 책이 주는 감동과 재미는 천차만별이다. 글을 어렵게 쓰면 재미도 없고 감동도 없다. 하지만 작가가 자신의 경험을 바탕으로 쉽게 쓴다면 마음에 와 닿는다. 책을 읽다보면 나보다 상황이 어려운 사람들을 알게 된다. 이러한 사실에 대해 알게 되면, 마음이 뭉클해지면서 현재의 삶에 감사하게 된다.

셋째, 궁금한 것이 있으면 책을 펼친다.

인터넷의 발달로 대부분의 정보는 인터넷 검색을 통해 얻을 수 있다. 하지만 무분별한 정보로 오히려 판단을 흐리게 할 때가 있다. 정보의 정확성이 의심될 때도 있다. 이럴 때 관련된 도서를 찾아보자. 책을 활용한다면 남들과 차별화된 정보를 얻을 수 있다.

넷째, 불필요한 생각을 멈추게 된다.

직장 생활을 하다보면 부정적인 생각을 할 때가 있다. 상사의 무례함, 의견 차이, 업무에서 찾아오는 고단함 등 때문이다. 심한 경우 우울증이 올 수도 있다. 이럴 때는 마음을 가다듬고 책을 손에 들자. 그것이 어렵다면 명언 한 줄이라도 읽어보자. 부정적인 생각은 긍정적이고 생산적인 생각으로 변할 것이다.

고단한 일주일의 휴식을 알리는 날이 찾아온다. 우리가 흔히 '불금' 이라 부르는 금요일이다. 금요일이 되면 마음에서부터 여유가 찾아온다. 출근하는 발걸음도 다른 날보다 가볍다. 약속이라도 한 듯

이 대부분이 정시에 퇴근한다. 저자 역시 답답한 사무실에서 벗어나고 싶은 생각에 제 시간에 맞춰 퇴근한다. 그리고 1시간 거리의 고향으로 향할 때면 어느 새 금요일의 밤이 찾아온다. 금요일이 지나면 주말이 찾아온다. 그리고 주말의 마지막 날인 일요일이 순식간에 다가온다. 일요일이 되면 월요일에 출근할 생각으로 머리가 지끈거리기 시작한다. 가만히 있다 보면 부정적인 생각만 하게 된다. 부정적인 생각은 스트레스로 이어진다. 현실을 부정하려고 해도 월요일의 아침은 이내 찾아오게 되어있다.

이러한 부정적인 생각을 저자는 책을 통해 해결 할 수 있었다. 부자들의 습관과 관련된 책이었다. 책 속의 부자들은 휴일에는 조용히 집에서 휴식을 취한다는 내용이 있었다. 책을 읽은 후 나의 생각도 조금씩 바뀌기 시작했다. 우리가 어떠한 문제에 대해 고민하고 신체를 움직이면 그 만큼의 에너지를 소비하게 된다. 에너지를 소비한 만큼 쌓이게 된다. 그리고 집 밖을 나가는 순간 우리는 각종 소음, 인파, 차 막힘, 기다림 등으로 인해 피로와 스트레스가 증가 할 수밖에 없다.

그래서 한 번은 책속의 내용을 시도해 보기로 했다. 고향집에 방문해서는 휴식을 취했다. 그리고 외출을 자제했다. 마냥 집에서 쉬기로 했다. 처음에는 오히려 힘들었다. 적응이 되지 않았고 지루한 감도 있었다. 하지만 시간이 지날 수 록 정신이 맑아지고, 피곤함도 줄어드는 것이 느껴졌다. 이 때의 경험을 계기로 일요일은 특별한 일이 없는 한 약속을 잡지 않는다. 다음 날 출근을 위해 준비하는 것이 정신적으로도 도움이 되었다. 그래서 일요일 날 직장인에게는 아래의 활동을 추천해 주고 싶다. 그것은 다음과 같다.

첫째, 종교 활동이다.

이미 많은 사람들이 활동하고 있다. 종교에는 많은 종류가 있다. 만약 종교에 대한 거부감이 있다면 일주일의 하루만큼은 나를 돌아보는 시간을 갖는 것도 좋다.

둘째, 다음 주에 대한 준비를 한다.

우리의 의사와는 상관없이 월요일은 찾아온다. 다음 주 일정을 확인하거나, 집을 청소하며 다음 주를 준비하는 것이다. 의외로 생산적인 활동 중 하나이다. 뿌듯한 마음으로 월요일을 맞이할 수 있다.

셋째, 휴식이다.

일주일의 고단함을 풀고 싶다면, 집에서 푹 쉴 것을 권한다. 특히 평소 저자와 같이 새벽형 인간이라면 일주일에 하루 정도는 푹 쉬는 시간도 필요하다. 평소 좋아하는 영화를 감상하거나, 예능프로그램을 보며 박장대소해도 좋다.

넷째, 독서이다.

책은 카페에서 읽어도 좋고, 도서관에서 읽어도 좋다. 책을 읽기 위해서 인근 조용한 곳으로 떠나도 좋다. 일요일이 풍성한 하루가 될 것이다.

인생은 선택과 결단의 연속이라 생각한다. 독자 여러분들은 자신의 인생을 위해 어떤 선택을 하는가? 남이 정해주는 길, 편한 길로만 향하고 있지 않은가? 스펜서 존스의 저서 《선택》에는 다음과 같은 내용이 나온다.

"좋지 못한 결정 대신 그만큼의 공간을 비워 둬야 그곳에 더 나은 것을 채워 넣을 수가 있네."

우리가 삶의 우선순위를 정할 때도 마찬가지이다. 지금 인생의 우선순위라 생각하고 있는 것이 과연 우리의 삶을 나아지게 하는지 점검해보자. 스스로 판단하기 어렵다면 여러분의 책 속의 선배들에게 조언을 구하라. 그들은 책 속에서 여러분을 언제든지 맞이할 준비가 되어있다. 여러분이 결단만 내리면 될 뿐이다.

06 : 하루의 독서는 평생의 독서습관을 만들었다

 가장 싼 값으로 가장 오랫동안 즐거움을 누릴 수 있는 것, 바로 책이다.

- 미셸 드 몽테뉴 -

대부분의 직장인에게 취업은 하나의 희망이자 꿈이다. 그래서 누구나 취업을 위해 많은 시간과 에너지를 쏟는다. 하지만 생각하는 것과 실제로 직장인의 길을 걷는 것의 차이를 느꼈을 것이다. 취업 전의 기대감과 설레는 마음은 온데 간데 사라지고 만다. 출근길의 일상은 기쁨보다는 지루함으로 바뀐다. 하루를 시작하기에 앞서 계획 있게 보낸다는 생각보다는, 어떻게 버티는가에 대한 생각이 앞서기 시작한다. 이러한 생각은 점차 쌓이면서 하나의 습관으로 자리 잡게 된다. 바로 '불편한 습관'으로 말이다.

저자가 입사할 때의 순간은 정말 기뻤다. 그 순간은 잊지 못한다. 허나 그런 기쁨은 오래가지 못했다. 기쁨은 점점 고단함으로 바뀌었다. 이러한 고단함을 극복하기 위해 손에 책을 들기 시작했다. 책한 권들이 쌓이고 쌓여 저자의 인생 멘토이자 지침서가 되었다. 책은 어느 새 인생의 한 부분에 자리 잡게 되었다. 미래의 진로에 대해 고민할 때 방향을 잡아 주었다. 직장생활로 마음이 고단할 때 치료제 같은 역할을 해주었다. 운동 지식이 필요할 때는 스승이 되어 주었다.

나는 알게 모르게 독서를 통해 인생을 배우고 어려움을 헤쳐 나가고 있었다. 이렇게 독서를 지속하다 보면 책은 자연스럽게 우리 인생의 일부가 되어 좋은 습관으로 자리 잡게 된다. 독서가 습관이 되면 많은 장점이 있다.

첫째, 책에서 배움을 얻을 수 있다.

책을 통해 얻는 가장 큰 수확이다. 책은 이로움을 주면 주었지, 나쁜 것은 주지 않는다. 경제 지식이 부족하다면 경제관련 책을 읽자. 그리고 부자가 되고 싶다면 부자관련 책을 읽자. 책에서 배울 것은 무궁무진 하다.

둘째, 실생활에 유용하다.

앞장에서 언급한 것처럼 우리는 오랜 기간 교육을 받고 자란다. 초등학교, 중학교, 고등학교, 대학교 까지 말이다. 하지만 그 많은 교육을 받았음에도 우리는 또 교육을 받는다. 물론 이러한 교육이 있기에 현재의 나라는 존재가 되었을 것이다. 하지만 교육을 받은 것들을 실생활에 적용시키기에는 부족하다. 실제로 사용하는 것은 거의 없을 수도 있다.

　오히려 책을 통해 읽고 배운 내용이 더 실용적인 경험을 했다. 독서와 관련된 내용만 봐도 그러하다. 우리는 학교에서 독서에 대해 중요하다는 것을 듣고 자란다. 하지만 정작 우리가 학교에서 배우는 내용은 획일적이다. 한마디로 교과서적이다. 이러한 교육은 수동적이고 편협적인 시각을 만들어 준다. 독서에 관련해서 알고 싶다면 책을 통해 배우는 편이 빠르고 실용적이다. 도서관에 있는 독서법 관련 책 10권을 읽는 것이 효율적이고 효과적이다.

　셋째, 생각하는 힘을 기를 수 있다.

　독서에서 본문은 중요하다. 사람은 이성적이고 사고하는 생명체이다. 이러한 면이 동물과 다르다. 인간은 스스로 생각하고 사고한다. 하지만 IT기술의 발달로 인해 우리는 점점 생각하고 사고하는 능력을 상실하고 있다. 길거리에 나가 보라! 대부분의 사람들이 핸드폰을 보면서 걷고 있다. 현실의 존재하는 나를 보지 않고 인터넷에 있는 얼굴도 모르는 사람들의 세계 속에 집중하고 있다.

저자가 독서를 하며 하는 한 가지 행동이 있다.

그것은 사색이다. 저자는 매일 아침 새벽에 나가 사색하기 위해 노력한다. 집 주변의 공원을 걸으면서 떠오르는 새벽의 해를 마주하며 생각에 잠긴다. 날아가는 새, 바람에 흔들리는 나무를 보며 사색한다. 독서와 사색은 같은 길을 걷는다.

이렇게 사색과 독서는 저자에게 친한 친구같이 습관으로 자리 잡았다. 이런 독서 습관이 자리 잡기 위해선 과정이 필요하다. 다음은 독서가 습관이 될 수 있는 팁을 안내하겠다.

첫째, 일단 책과 친해지자.

일단 자신이 좋아하는 분야나 쉬운 분야의 책을 선택하여 책에 대한 거부감을 없애자.

둘째, 눈에 보이도록 꺼내놓자.

사람도 매일 보면 정이 든다. 책도 마찬가지다. 일단 눈에 보이는 곳에 놓자.

셋째, 틈틈이 읽는다.

이것이 제일 좋은 독서법이다. 시간만 나면 틈틈이 책을 읽자. 밥 먹기 전, 밥 먹은 후, 출근 전, 퇴근 후 등 말이다.

책을 읽으면서 사색할 것을 권한다. 사색을 하면 다음과 같은 장점이 있다.

첫째, 주제에 대한 이해력이 높아진다.

사색은 한 주제에 대해 예습하는 효과가 있다. 독서에 대한 사색을 한다고 가정하자. 우리는 독서라는 주제를 놓고 많은 생각을 할 것이다. 예를 들어, 독서는 무엇인가? 독서가 왜 필요한가? 같은 것들이다. 이러한 생각을 통해 스스로 질문하고 답하는 과정을 거치게 된다. 독서에 대한 생각이 활성화 되고, 독서와 관련된 주제나 글을 읽을 때 이해가 되고 깨우치는 경험을 하게 된다.

둘째, 주제에 대한 깊이 있는 생각을 한다.

위와 같이 독서에 대한 질문을 하다보면 독서에 대해 입체적으로 생각하게 만든다. 단순히 독서는 앉아서 책을 읽는 행위 또는 눈으로 글자만 읽는 행위로 한정될 수 있다. 하지만 사색을 통해 독서에 대해 폭넓게 생각할 수 있게 되며, 이러한 생각은 남과 다른 자신만의 철학으로 발전할 수 있다.

우리는 하루의 소중함을 잊어버릴 때가 있다. 하루가 모여 일주일이 되고 일주일이 모여 한 달이 된다. 한 달이 12번 반복되어서야 1

년이라는 시간이 흐른다. 1년이 지나고서 우리는 생각한다. '벌써 1년이 지나갔다.'라고 말이다. 이렇게 중요한 하루의 시작을 어떤 생각으로 시작하는지 돌아볼 필요가 있다. 오늘부터 하루가 주는 의미에 대해 사색해 보자. 그리고 책을 통해 그 의미를 되짚어 보자. 책을 읽기 전의 하루와, 책을 읽은 후의 하루는 다르게 느껴질 것이다. 오늘의 하루는 그저 오늘의 하루였다. 책을 읽은 후의 하루는 그냥 하루가 아니게 될 것이다.

07 : 인생은 과감한 도전 이거나 아무것도 아니다

인생은 과감한 모험이던가, 아니면 아무것도 아니다.

- 헬렌켈러 -

세상에는 많은 가치가 존재한다. 겸손, 배려, 인내, 우정, 지혜 등등. 이 중 우리의 가슴을 설레게 만드는 단어가 있다. 그것은 '도전' 이다. 우리는 직장인이 되기 전부터 많은 도전을 해왔다. 학생시절에는 입시라는 도전이 우리 앞에 놓여 있었다. 성인이 된 이후에는 취업이라는 도전을 마주했다. 취업 후에도 우리의 도전은 계속된다. 결혼, 자녀교육, 새로운 취미활동, 여행 등이다. 새로운 도전을 앞두게 되면 두려움과 설렘이 교차한다. 독서에서도 마찬가지다. 우리가 독서를 시작하기 전에는 과연 다 읽을 수 있을까 하는 의심을 할 수 있다. 하지만 첫 장을 넘김과 동시에 우리는 마지막 페이지를 넘기는 자신을 발견하게 될 것이다.

저자는 어린 시절부터 도전하기를 좋아했다. 어렸을 때 배운

'무술'의 영향이 컸다. 무술을 배우면서 한 가지 동작을 숙달 위해서는 많은 연습이 필요하다는 것을 깨달았다. 연습을 하다보면 될 듯 말 듯 한 느낌이 온다. 그리고 어느 날, 그 동작이 완성되는 것을 볼 수 있다. 동작이 완성되면 뿌듯한 감정을 느낄 수 있다. 이러한 도전 정신은 내가 성인이 되어서도 이어졌다. 그것은 '책 쓰기'이다.

직장생활에 대한 한계를 느끼고 있을 때 우연히 책 쓰기에 대해 알게 되었다. 이러한 한계는 직장생활의 허무함을 느끼게 했다. 그래서 남들보다 미리 노후준비와 퇴직준비를 해야겠다는 생각을 하던 참이었다. 책 쓰기는 도서관에서 우연히 읽게 된 책을 통해 알게 되었다. 사실 살면서 책 쓰기에 대해서는 전혀 생각해 본적이 없다. 나의 전공 또한 책 쓰기와는 전혀 무관했다. 하지만 책을 쓰면 인생을 바꿀 수 있고, 누구나 쉽게 쓸 수 있다는 내용을 읽고, 인터넷 동영상을 통해 책 쓰기에 대한 1일 특강에 대해 알게 되었다. 다행히 남은 자리가 있어 참석할 수 있었다. 그리고 열심히 책 쓰기 강좌에 참석했다. 그 당시 많은 사람이 참석했다. 1일 특강은 전반적인 내용에 대한 설명이었다.

1일 특강이 끝난 후 한 일주일 정도 곰곰이 생각하는 시간을 가졌다. 고민하는 동안은 책을 쓰는 과정을 어느 누구에게도 알리지 않았다. 조용히 눈을 감고 기도를 하며, 명상의 시간을 가졌다. 직장인이 된 이후 이렇게 진지한 고민은 처음이었다. 사색 끝에 두 가지 결론을 내렸다.

한 가지는 고비용을 들여 단 기간 안에 책을 출간하는 것이고, 다른 하나는 시간이 오래 걸리더라도 스스로 써나가는 방법이었다. 선택을 하는 데 결정적인 역할을 한 단어가 있었다. 그것은 '시간'이었다. 내가 아무리 돈이 많아도 돈으로 시간을 살 수는 없었다. 오히려 시간이 돈을 가져다 줄 수 있겠다는 생각이 들었다. 그렇게 하여 나의 책 쓰기 도전은 시작되었다.

책 쓰는 과정은 쉽지 않았다. 하지만 이 기회가 아니면 책을 쓸 수 없다고 생각하고서는 미친 듯이 자판 앞에 앉아 책을 써 나갔다. 밥 먹기 전에 한 줄, 화장실 가기 전에 한 줄, 새벽에 일어나서 한 줄 그렇게 계속 써나갔다. 그 결과 저자의 첫 책인 《군대에서 하는 미라클 독서법》이 세상에 나올 수 있었다. 책을 쓰면서 많은 변화를 겪었다. 때론 스스로가 감동하면서 마음이 뜨거워 질 때가 있었고, 지난 과거를 돌아보는 계기를 가질 수도 있었다.

책을 쓰기 전까지 나의 삶은 평범한 직장인의 삶이었다. 하지만 책을 쓰고 나자 스스로의 삶을 바라보는 시선이 바뀌었다. 책을 출간한 후 다음과 같은 삶의 변화가 찾아왔다.

첫째, 평범함 속에서 가치를 찾다.

직장인이 되면 우리는 회사 중심으로 살아가게 된다. 우리의 생각, 사고, 감정까지 회사를 기준에 맞추어 살아간다. 우리의 삶이 회사를 위한 삶이 되어버리는 것이다. 이러한 삶은 우리 스스로를 평범한 직장인으로 인식하게 만든다. 하지만 책을 쓰면서 '나의 인생 또한 가치 있고, 누군가에게 도움이 될 수 있겠다.' 라는 생각을 할 수 있게 되었다. 실제로 책을 출간 한 후 가족, 지인으로부터 많은 격려와 찬사를 받았다.

둘째, 더 많은 책을 읽게 되었다.

책을 읽을 때는 꼭 구입해서 읽어볼 것을 권한다. 작가가 되는 과정에서 정말 많은 책을 읽었다. 한 줄의 문장을 위해서 수십 페이지의 책을 읽었다. 조금이라도 도움이 될 만한 책이라면 바로 구입했다. 책을 쓰는 과정에서 저자가 구입했던 책의 내용과 소재가 떠올라 활용할 수 있었다.

셋째, 일상의 모든 것이 책의 소재가 되었다.

책 출간 후 모든 것들을 책과 연계해서 생각하게 되었다. 매일 지나치는 출근 길, 일하는 사무실, 만나는 사람 등 모든 것들이 책과 연계되기 시작했다.

책 출간 후 독서하는 습관은 더욱 견고해지고 있다. 책은 일상을 넘어, 이제 하나의 삶으로 자리 잡았다. 횅했던 저자의 방은 책장 속 책들로 아름답게 물들어 있다.

우리의 가슴속에는 작은 상자 하나가 들어있다. 그 속에는 소중한 보물이 들어있다. 그 보물은 기쁨, 행복, 슬픔, 불안 등이다. 사람들은 그 속에서 기쁘고 행복한 기억을 꺼내려고 하지 않는다. 대부분 슬프고 불행한 과거를 떠올린다. 우리의 사고가 부정적인 감정에 익숙해진 것처럼 말이다. 이제 사고의 전환을 할 때가 되었다. 우리의 가슴 속에 있는 행복, 기쁨의 기억을 꺼내들자. 잊고 지냈던 행복한 추억이 숨어 있을 것이다.

그리고 또 하나의 새로운 보물을 만들자. 우리의 가슴 속에는 불타는 열정과 타오르는 용기가 숨어 있다. 그것들을 꺼내 들고 세상 밖으로 나갈 준비를 하자. 그 무엇보다 소중한 나 자신을 위해서.

책 출간 후 가끔씩 책을 쓰기 시작한 날을 떠올린다. 평범한 직장이었던 저자가 책을 출간했다는 사실이 때로는 믿겨지지 않을 때가 있다. 그러나 그 이면 속에는 독서의 힘이 있었다.

이제 여러분들의 차례다. 새로운 도전 앞에 과감히 스스로를 던져보라. 도전하기 망설여진다면 책이라는 용기의 도구를 집어 들자.

여러분의 인생을 바꿔 줄 것이다.

08 : 직장을 통해 성공적인 삶을 살고 있다

읽기는 다 읽었으나 또 읽고 싶구나.

- 세종 대왕 -

세상에는 성공한 사람들이 많다. 성공할 수 있었던 이유는 성공할 수밖에 없는 생각과 고민이 있었기 때문이다. 유대인들은 배움, 학문, 장사라는 지혜를 통해 위대한 민족으로 거듭났다. 유명한 운동선수들은 피나는 노력으로 정상급 선수로 성장했다. 자수성가한 기업인들은 거듭되는 시련 속에서도 포기하지 않는 끈기와 열정으로 이겨냈다. 그리고 중요한 한 가지가 있다. 그것은 '선택'이다. 그들은 자신이 하고 싶고 좋아하는 것을 선택했다. 자신이 좋아하는 일이기에 누구보다 진정성을 가지고 일했을 것이다. 독서할 때도 마찬가지다. 누구에게나 관심이 있고 좋아하는 분야가 있다. 그 분야의 책을 읽기 시작하는 순간 우리가 꿈꾸는 성공적인 삶도 출발하게 될 것이다.

돌이켜보면, 저자의 인생에서 고비와 위기의 순간에는 책이 언제나 함께 했다. 어린 시절 수업이 끝나면 대부분의 아이들이 학원이나 집으로 향했다. 일찍이 부모님의 이혼으로 집에 가도 반겨주는 이가 없던 저자는 만화책을 읽거나 오락실에서 게임을 했다. 또 아버지의 권유로 무술 도장을 다니는 것이 나의 일상이었다. 공부는 뒷전이었고, 공부를 해야 한다는 생각조차 하지 못했다. 어느 누구도 나에게 그런 말을 해주는 이가 없었기 때문이다. 중학생이 되어서는 아버지의 권유로 학원을 다니게 되었다. 그 때 처음으로 공부를 한 것 같다. 운 좋게 인문계 고등학교를 가게 되었다. 고등학교에 입학하면 모든 것이 해결될 줄 알았다. 하지만 성적이 뒤쳐지기 시작했다. 위기감을 느끼고 인터넷 강의를 들으면서 공부를 다시 시작했다. 그렇게 하여 대학교라는 문턱을 통과했다. 대학생활을 하는 도중 우연한 계기로 ROTC라는 제도를 알게 되었다. 소정의 군사교육을 받고 졸업 후 임관했다. 임관만 하면 군 생활의 모든 것이 잘 풀릴 줄 알았다. 하지만 군 생활은 뜻대로 되지 않았다. 하루하루가 고난의 연속이었다. 그 때 나를 구해준 것은 한 권의 책이었다. 그것을 계기로 군 생활동안 틈만 나면 책을 읽었다. 책을 읽는 것 외에는 저자에게 힘을 줄 수 있는 것은 없었다. 그렇게 끝날 것 같지 않던 전역의 날이 다가왔다. 기쁨도 일부 있었지만, 허무한 감정이 더 크게 밀려왔다.

하지만 군대에서 읽은 독서 덕분에 저자는 한층 성숙하고 성장했다. 그 때 독서를 하지 않았다면 지금의 나는 아마 없었을 것이다. 전역과 함께 취업전선에 뛰어들었다. 나의 동기들은 저자보다 일찍 사회생활을 하고 있었다. 군대의 경험을 삼아 '내가 하고 싶은 일을 찾아봐야겠다.'는 생각을 했다. 그리고 취업 전 남들과 다른 길을 선택했다. 그것은 유럽 배낭여행이었다. 여행을 통해 세상에 대한 눈을 뜨고, 많은 경험을 할 수 있었다. 여행을 하는 도중에도 위기는 있었다. 그렇게 한 달이 넘는 기간 동안 여행을 통해 많은 경험과 생각을 할 수 있었다.

여행에서 돌아온 후 전공을 살려 취업하기로 했다. 도서관에서 필요한 자격증 시험에 대비한 공부를 열심히 했다. 하루 10시간 이상은 기본이었다. 그 바람에 속이 항상 더부룩한 경험까지 했다. 어느 정도 준비가 된 후 많은 기업에 원서를 지원했다. 물론 취업이 쉽게 되지는 않았다. 포기하지 않고 최선을 다했다. 그 결과 전공을 살려 지금의 직장에 들어오게 되었다.

최종합격을 통보받는 순간 정말 기뻤다. 하지만, 이러한 기쁨은 오래 가지 못했다. 곧이어 위기가 찾아왔다. 업무, 사람관계, 가족 등 모든 것이 내 뜻대로 되지 않았다. 조직의 미래를 생각하며 열정적으로 일하려는 내 마음과는 달리 주변사람들은 좋지 않게 생각했다.

직장에서는 나에 대해 좋지 않은 말들이 나왔다. 그 속에서 많은 좌절을 겪기도 했다. 이러한 나를 구원할 수 있었던 것인 '기도' 였다. 나는 하루의 일정부분을 기도와 명상으로 보내며 나 스스로를 다잡아 갔다. 나를 돌아보며, 마음속 부정적인 것들이 씻겨 나가는 기분이었다.

나를 구원해준 또 한 가지는 책이었다. 책을 통해 나보다 더 어렵고 힘든 사람을 만날 수 있었다. 그들을 보면서 나는 직장에 다닐 수 있는 것만으로 감사하고, 건강하게 살 수 있는 것만으로 감사하다고 생각했다.

이러한 긍정적인 생각으로 현실의 어려움을 극복하고자 노력했다. 부정적인 생각이 들 때면 현재 일에 집중했다. 평일에는 퇴근 후 도서관에 나가 나와 비슷한 상황에 처한 사람들의 책을 읽었다. 주말에는 서점에서 책을 읽으며 마음속 어두운 생각을 정리하고자 노력했다.

그렇게 하여 깨닫게 된 한 가지 진실이 있었다. 직장인은 언젠가 모두 퇴직이라는 문을 통과해야 한다는 사실이었다. 이것은 시간의 문제지, 선택의 문제는 아니었다. 이러한 깨달음을 통해 시간의 중요성에 대해 생각하게 되었다. 생각이 바뀌자 행동 또한 바뀌었다. 출근 전 새벽시간과 퇴근 후의 시간이 이전과는 다르게 다가왔다.

출근 전, 퇴근 후의 천금 같은 시간을 활용하기 시작했다. 새벽에 일어나 독서, 필사, 운동을 하기 시작했다. 퇴근 후에도 자기계발을 위해 노력했다. 식사시간 외의 시간은 자기계발을 위해 사용하려고 노력했다. 영어공부, 운동, 글쓰기 등으로 자기계발을 했다. 주말도 헛되이 보내지 않았다. 주말을 이용하여 대학원에 등록했다. 미래를 생각하며 또 한 번의 도전장을 내밀었다.

이 모든 것의 원동력은 한 권의 책 이었다.

'사람은 책을 만들고 책은 사람을 만든다.' 는 말이 있다. 교보생명 창업자 고 신용호 회장의 말이다. 참 좋은 말이지만 전에는 마음 깊숙이 다가오지 않았다. 그냥 홍보를 위해 쓴 글이려니 했다. 하지만 두 번의 위기를 통해 깨달았다. 독서를 통해 위기를 극복하고 나니, 그 문장의 깊은 뜻을 이해할 수 있었다.

이제 글을 마무리할 때가 되었다. 저자가 책을 쓰고 있는 지금 이 순간에도, 자신의 꿈과 목표를 위해 열정을 바치는 이가 있을 것이다. 회사를 위해 자신의 영혼을 바치는 직장인도 있을 것이다.

그렇게 자신의 목표를 달성하는 과정에는 위기와 장애물이 반드시 찾아올 것이다. 그 위기와 장애물이 여러분을 괴롭고 힘들게 할 수도 있다. 하지만 여러분 곁에는 그 위기를 기회로 바꿔주고, 장애물을 이겨 낼 훌륭한 무기가 있다.

그것은 여러분 방 안에 있는 '책 한 권'이다. 책을 통해 어려움을 극복하고, 여러분만의 미래를 계획하길 바란다.

끝까지 읽어주신 독자 여러분들께 감사함을 전하며, 감사함을 전하며, 여러분의 인생을 축복합니다.

"끝에서 생각하라"

인생에서의 시련은 '성장' 이라는 기회를 만들었다.

나폴레온힐의 저서 『놓치고 싶지 않은 나의 꿈 나의 인생』에는 '실패' 에 관하여 다음과 같이 정의하고 있다.

'실패는 당신을 강하게 만든다.'
'신념이 강하면 어떠한 한계도 뛰어넘는다.'

이 책을 다 읽은 시점에서 다시 한 번 물어보자.
여러분에게 실패란? 그리고 시련이란?

모든 것에는 시작이 있으면 끝이 있다.

아마 지금 이 글을 읽는 시점에도 수많은 시련이 다가올 것이다.

하지만 우리는 기억하자. 시련의 시작이 있다면, 시련의 끝도 있는 법.

나폴레온 힐의 말처럼 실패는 겉보기에 문제가 있는 것처럼 보이지만 우리를 더욱 단단하고 지혜롭게 만드는 신호라 생각하자. 우리는 그 실패를 언제든지 뛰어넘을 수 있는 존재이다.

그리고 그 문제의 해결 방법은

우리 내면에 있다고 생각한다. 그 내면 속에는 여러분만의 가치가 숨겨져 있을 것이다.

그래서 우리에게 어떠한 고난과 장애물이 닥쳐도 우리는 결코 좌절하거나 실망할 필요가 없다. 그 속에서 또 다른 기회를 찾을 수 있고 그 기회는 더 좋은 기회로 이어질 수 있기 때문이다.

즉, 실패가 성공으로 이어지는 경우이다.

축구선수로서 대성공을 거둔 이가 있다. 축구 국가대표로 뛰었던 이영표 전 선수이다.

그는 성공과 실패에 대하여 다음과 같이 정의했다.

'성공은 성공이 아니고 실패는 실패가 아니다.'
즉, 성공과 실패는 반대말이 아니라 축복이라는 한 가지 의미로 해석한다.

그는 이어서, 다음과 같이 말했다.
어떤 사람은 성공으로 시작한 인생이 실제로 실패로 끝나기도 하고, 실패로 시작한 인생이 성공으로 끝나기도 합니다. 성공이 성공이 아니고 실패가 실패가 아닙니다. 이것을 이해했다면 성공했다고 해서 자만하지도 않고, 실패했다고 해서 좌절하지도 않습니다.

이영표 선수가 위와 같이 의미 있는 말을 남긴 이유가 있다. 그는 지금 우리에게 유명한 축구선수로 인식되어 있지만, 그도 과거에는 수많은 시련을 겪어야 했다. 학창시절, 그는 새벽시간 누구보다 일찍 일어나 축구선수로서의 기본과 자질을 갖추기 위해 노력했지만, 그를 알아봐 주는 이는 없었다. 심지어 대학교 주장이 되었음에도 같은 팀 후배는 국가대표이지만 자신은 그렇지 못함 속에 좌절하고 속상한 시절이 있었다. 하지만 그는 이러한 시련을 이겨내고 대한민국을 대표하는 축구선수가 되었다.

독서를 통해 내게 큰 힘이 되었던 문장이 있다. 군대 시절과 사회생활 중 알게 된 문장으로 가슴깊이 남아있다. 소개하면 아래와 같다.

시련은 있어도 실패는 없다.
- 정주영 -
인생은 과감한 모험이거나 아니면 아무것도 아니다.
- 헬렌켈러 -

정주영 회장의 말은 군대 시절 책에서 읽은 문장으로 군 생활 내내 나의 버팀목이 되어주었다. 헬렌켈러의 명언은 사회생활 중 새벽에 읽었던 책에 있던 문장이다. 내게 시련이 찾아오거나 중대한 문제를 결단할 때 큰 힘이 되어주었다.

다시, 성공과 실패란

이 책을 끝까지 읽은 시점에 스스로에게 다시 질문하자.
여러분에게 성공 그리고 실패란?

이제 성공과 실패가 하나의 명칭에 불과 하다는 것일 수 있겠다는 생각이 드는가?

여러분에게 성공과 실패는 하나의 명칭에 불과하며,

시련은 성장과 발전을 위해 변형된 축복이라는 인식이 심어졌으면 좋겠다.

끝으로, 나폴레온 힐의 저서 『결국 당신은 이길 것이다』에 소개된 문장으로 끝맺음을 하겠다.

'모든 위대한 성공은 신념에서 시작된다.'

아무리 힘들고 어려운 상황이 닥치더라도 여러분 자신에 대한 믿음의 신념을 유지하시길 간절히 기원합니다. 그 신념 끝에는 여러분 속에 숨겨진 가치를 발견할 수 있을 것입니다. 이 글을 끝까지 읽어주신 독자 분들께 다시 한 번 감사드립니다. 축복합니다.

이 책을 끝까지 읽은 시점에
스스로에게 다시 질문하자.
여러분에게 성공
그리고 실패란?